KB239118

어느 미술애호가의 방

조르주 페렉 지음

어느 미술애호가의 방

김호영 옮김

문학동네

조르주 페렉 선집을 펴내며

김호영

한양대학교 프랑스언어문화학과 교수

조르주 페렉은 20세기 후반 프랑스 문학을 대표하는 위대한 작가다. 작품활동 기간은 15년 남짓이지만, 소설과 시, 희곡, 시나리오, 에세이, 미술평론 등 다양한 장르를 넘나들며 전방위적인 글쓰기를 시도했다. 1982년 45세의 나이로 생을 마감할 무렵에는 이미 20세기 유럽의 가장 중요한 작가 중 한 사람으로 평가받았다. 시대를 앞서가는 도전적인 실험정신과 탁월한 언어감각, 방대한 지식, 풍부한 이야기, 섬세한 감수성으로 종합적 문학세계를 구축한 대작가로 인정받았다.

　문학동네에서 발간하는 조르주 페렉 선집은 한 작가를 소개하는 것에서 한 걸음 더 나아가 독자들의 기억에서 어느덧 희미해진 프랑스 문학의 진면목을 다시금 일깨우는 계기가 될 것이다. 특히 20세기 후반에도 프랑스 문학이 치열한 문학적 실험을 벌였고 문학의 새로운 지평을 개척하기 위해 각고의 노력을 기울였다는 사실을 생생히 전해주는 소중한 자산이 될 것이다. 근래에 프랑스 문학이 과거의 화려한 명성을 잃고 적당한 과학상식이나 기발한 말장난, 가벼운 위트, 감각적 연애 등을 다루는 소설로 연명해왔다는 판단은 정보 부족으로 인한 독자들의 오해에서 비롯된 것이다. 지난 세기말까지도 일군의 프랑스 작가들은 고유한 문학적 전통을 이어가는 동시에 그것을 뛰어넘기 위해 다양한 글쓰기를 시도해왔다. 그리고 그 최전선에 조르주 페렉이란 작가가 있었다.

이번 선집에 수록된 작품들, 『잠자는 남자』 『어렴풋한 부티크』 『공간의 종류들』 『인생사용법』 『어느 미술애호가의 방』 『생각하기/분류하기』 『겨울 여행/어제 여행』 등은 페렉의 방대한 문학세계의 일부를 이루지만, 그의 다양한 문학적 편력과 독창적인 글쓰기 형식을 집약적으로 보여주는 중요한 작품들이다. 이로써 우리는 동시대 사회와 인간에 대한 그의 예리한 분석을, 일상의 공간과 사물들에 대한 정치한 소묘를, 개인과 집단의 기억에 대한 무한한 기록을, 미술을 비롯한 예술 전반에 대한 해박한 지식을 만날 수 있다. 20세기 후반 독특한 실험문학 모임 '울리포OuLiPo'의 일원이었던 페렉은 다양한 분야와 장르를 넘나들며 문학의 영역을 확장하는 데 도움이 될 만한 기발한 재료들을 발견했고, 투

철한 실험정신을 발휘해 이를 작품 속에 녹여냈다. 그러나 그가 시도한 실험들 사이사이에는 삶의 평범한 사물들과 일상의 순간들, 존재들에 대한 따뜻한 시선이 배어 있다. 이 시선과의 마주침은 페렉 선집을 읽는 또하나의 즐거움이리라.

　수많은 프랑스 문학 연구자들의 평가처럼, 페렉은 플로베르 못지않게 정확하고 냉정한 묘사를 보여주었고 누보로망 작가들만큼 급진적인 글쓰기 실험을 시도했으며 프루스트의 섬세하고 예리한 감성을 표현해냈다. 그 모두를 보여주면서, 그 모두로부터 한 발 더 나아가려 했던 작가. 20세기 중반 이후 서구 작가들이 형식적으로든 내용상으로든 더이상 새로운 것을 만들어낼 수 없다는 자조에 빠져 있을 때, 페렉은 아랑곳하지 않고 문학의 안팎을 유유히 돌아다니며 '익숙하면서도 새로운' 무언가를 만들어 독자들 앞에 끊임없이 펼쳐보였다. 페렉 문학의 정수를 담고 있는 이번 선집은 20세기 후반 프랑스 문학이 걸어온 쉽지 않은 도정을 축약해 제시하는 충실한 안내도 역할을 해줄 것이다. 나아가 언젠가부터 새로움을 기대하기 어려워진 우리 문학에도 분명한 지표를 제시해줄 것이다.

차례

일러두기

1. 이 책은 조르주 페렉의 *Un cabinet d'amateur, histoire d'un tableau* (Editions du Seuil, 1994)를 번역한 것이다.

2. 원서의 주는 본문 아래에, 옮긴이 주는 지면 아래 여백에 고딕체로 실었다.

3. 단행본이나 잡지는 『 』로, 논문은 「 」로, 미술작품은 〈 〉로 표시했다.

4. 부록으로 실은 「작품에 등장하는 주요 화가 목록」은 옮긴이가 작성한 것이다.

앙투아네트와 미셸 베네에게

나는 그곳에서 최고의 가치를 지닌 그림들을 보았다. 대부분은 이미 유럽의 특별한 컬렉션이나 미술전시회에서 감탄하며 바라보았던 것들이었다. 우선, 지난 시대의 거장들이 이끌었던 다양한 유파의 그림이 있었다. 라파엘로의 〈성모 마리아〉, 레오나르도 다빈치의 〈성모화〉, 코레조의 〈님프〉, 티치아노의 〈어느 여인〉, 베로네세의 〈경배〉, 무리요의 〈성모 승천〉, 홀바인의 〈초상화〉, 벨라스케스의 〈수도사〉, 리베라의 〈순교자〉, 루벤스의 〈마을의 결혼식〉, 테니르스의 플랑드르 풍경화 두 점, 헤릿 다우, 메취, 파울루스 포테르가 그린 소형 풍속화 세 점, 제리코와 프뤼동이 그린 그림 두 점, 바쿠예센과 베르네가 그린 해양화 몇 점 등. 근대 회화작품으로는 들라크루아, 앵그르, 드캉, 트루아용, 메소니에, 도비니 등의 작품이 눈에 띄었다.

쥘 베른

『해저 2만 리』

어느 미술애호가의 방

1913년 펜실베이니아 주 피츠버그에서 독일계 미국인 화가 하인리히 퀴르츠의 작품 〈어느 미술애호가의 방〉이 처음으로 공개되었다. 피츠버그 시의 독일인회가 빌헬름 2세 황제 통치 25주년을 기념하기 위해 마련한 대규모 문화 행사에서였다. 일간지 『다스 파터란트』, 미국 예술학회, 독미獨美 상공회의소의 후원을 받아 수개월간 진행된 그 행사에서는 무용 공연, 콘서트, 패션쇼, 지역 특산품과 음식 주간, 공산품 전시회, 체조 시범공연, 미술 전시회, 연극 공연, 오페라 공연, 오페레타 공연, 대규모 열병식閱兵式, 컨퍼런스, 대형 무도회와 연회 등이 쉬지 않고 열렸다. 독일애호가들은 이 신기한 볼거리를 놓치지 않으려고 미국 전역에서 일부러 시간을 내어 달려왔으며, 그중에서도 세 가지 행사가 그들의 눈을 사로잡았다. 작품 전체가 야외에서 진행된(하지만 불행히도 일곱시간 반이 지날 무렵 갑작스러운 우천으로 중단된) 〈파우스트 제2부〉 공연과 연주자 250명, 독창자 11명, 코러스 800명이 동원된 만프레드 B. 고틀리브의 오라토리오 〈아메리카〉의 세계 초연, 그리고 유명한 두 작곡가 테오 슈펜, 마리차 쉘렌뷔베와 함께 특별히 독일 뮌헨에서 직접 초청해온 경이로운 오페레타 〈성공〉의 피츠버그 초연이 그것이다.

　그해 4월부터 10월까지 바바리아 호텔의 살롱에서 개최되었던 회화 전시회는 언론의 모든 지면을 떠들썩하게 도배했던 이 대규모 행사들 틈에 끼어 사람들의 눈길을 끌지 못한 채 막을 내릴 뻔했다. 실제로 피츠버그 신문들은 전시회에 참여한 화가나 작품보다 전시회 개막일에 찾아온 유명 인사들에 대해 더 많이 떠들어댔다. 린드만 상원의원, 타비엘로 판사, 철강업계 거물 켈로그 오브라이언, 퓨거 백화점 소유주이자 경영자인 백만장자 배리 오 퓨거, 황제가 예외적으로 친히 파견한 독일제국의 일등 부서기관 율리히 슐츠 박사, 그리고 슐츠 박사가 이끄는 43명의 독일대표단 회원들 등등. 한편 미국 내 독일어 신문의 미술평론가들은 전시회와 관련해 그저 몇몇 예술가의 이름과 몇몇 작품 제목을 건성으로 열거하면서, 이따금 어느 작품에나 들어맞을 듯한 짧은 해설을 덧붙이는 데 만족해했다. 가령 '정물화' 부문에서 가르텐의 작품 〈탁자 위의 찻주전자〉의 색채는 파란색이 지니는 모든 뉘앙스를 탁월하게 통제했다거나, 〈정과그릇〉은 작

고한 화가 지크문트 베커의 거친 붓터치 덕분에 상당히 뛰어
난 수준에 이르렀다거나, 제임스 차펜은 〈작업실〉에서 지금
까지의 무거운 리얼리즘을 은밀한 부드러움으로 완화시켰
다거나 하는 상투적인 표현만 이어졌다.

　이처럼 전혀 호의적이지 않은 상황에서 퀴르츠의 작품
은 그나마 다른 작품들보다 약간 주목을 더 받는 정도였다.
물론 지금에 와서는 당시 그의 작품이 어느 정도 의도적인 아
부 덕분에 거론되었다는 사실이 밝혀지게 되었지만 말이다.
아무튼 그 무렵 안톤 츠바이크는 『시카고 타그블라트』지에
기고한 평론에서 퀴르츠의 작품이 "에드가 포적이며, 끝이
보이지 않을 정도로 많은 물감을 사용한 낯선 작품"이라고
묘사했고, 발터 반너트라거는 『뉴욕 차이퉁』지에 실은 짧은
기사에서 "이 초상화에 대해 숭고한 상징주의밖에 언급할 수
없어 유감"이라고 표명하면서 그 작품의 "수준 높은 형이상
학적 영감은 '예술에서 아름다움이란 무엇인가'라는 문제에
대해 지나치게 안일한 방식으로 접근하는 수많은 사유에 대
해 매우 명료한 방식으로 질문을 던지고 있다"고 평했다. 또
밀워키 『모르겐슈테른』지의 크리스천 폰 무켈슨은 그 작품
에서 "가시적인 세계와 비가시적인 세계 모두를 엄습하는 새
로운 니체적 가치의 음습한 고양"을 보았다고 언급하기도 했
다. 한편 전시회의 책임자 중 한 사람인 테더스 도플글라이

스너는 『다스 파터란트』지의 기사를 통해 훨씬 더 장황한 찬사를 늘어놓았는데(이는 아마도 퀴르츠의 그림 〈어느 미술 애호가의 방〉의 소장자이자 '라프케 양조장'의 소유주인 헤르만 라프케가 전시회를 위해 그림 몇 점을 내놓았고 또 전시회 자체에 상당한 후원금을 보냈기 때문일 것이다), 그러나 그의 글의 범위는 아래와 같이 의도적으로 일반적인 사실과 일화에 국한되었다.

명망 높은 피츠버그 시민 헤르만 라프케는 독일 뤼베크 출신으로, 지난 오십 년 동안 우리 시민들에게 우수한 품질의 맥주를 제공해온 훌륭한 양조인이다. 그는 견식 있고 활동적인 미술애호가로도 정평이 나 있으며, 대서양을 사이에 둔 두 대륙에 유명한 전시회장과 아틀리에를 소유한 것으로도 잘 알려져 있다. 헤르만 라프케는 유럽을 수십 번이나 여행하면서 고대 및 현대 예술작품을 엄정하게 선별해 수집해왔다. 그의 컬렉션은 구대륙의 수많은 미술관들도 적극적으로 욕심을 낼 만큼 훌륭한 것이며 멜론, 크레스, 듀빈, 존슨 같은 비평가들의 유보적인 의견에도 불구하고 현재 우리 신대륙에서는 그와 견줄 만한 수준의 컬렉션을 찾아보기 힘들다. 나아가 헤르만 라프케는 미국 회화의 발전을 위해 늘 무엇인가 기여하고 싶어했다. 오늘날 활발한 작품 활동으로 널리 명성을 얻고 있는 토머스 해리슨, 키첸얌머, 와이코프, 베트코프스키를 비롯한 수많은 화가가 데뷔 당시 이 관대하고 신중한 메세나의 도움을 받은 바 있다. 그런데 바로 이번 전시회를 통해 헤르만 라프케는 '회화,' '우리 도시,' '독일'이라는 세 가지 대상에 대한 무한한 애정을 가장 분명하게 입증해 보였다. 라프케는 하인리히 퀴르츠라는 매우 젊은 화가에게 자신의 초상화를 부탁하면서, 그의 컬렉션을 소장해 놓은 방 안에서 자신이 좋아하는 그림들 앞에 앉아 있는 모습을 담아내도록 요청했다. 물론 퀴르츠라는 젊은 화가가 뷔르템베르크 출신의 부모를 둔 피츠버그 태생이라는 사실도 우리의 자랑거리라 할 만하다. 아울러, 두말할 필요도 없이 라프케가 좋아하는 그림 중 다수는 우리의 아름다운 조국 출신의 화가들이 그린 작품이다.

전시회 조직위원들의 다소 비관적인 예상에도 불구하고 회화 전시회는 개최 후 며칠이 지나자마자 누구도 부인할 수 없는 엄청난 성공을 거두게 되었다. 그리고 그 성공의 중심에는 의심의 여지없이 하인리히 퀴르츠의 그림이 있었다. 그 작품의 이러한 성공—전시회 전체의 성공으로 이어진—은 정확한 출처를 알 수 없고 정확한 결과도 예측하기 어려운 입소문을 타고 퍼져나갔다. 어쩌면 전시회 카탈로그에 실린 작자불명의 긴 '소개글'과 그 안에 포함된 다음과 같은 열정적인 설명이 그 소문의 진원지일 수도 있다.

그림은 제대로 된 문도 창도 없는, 커다란 직사각형의 방을 묘사하고 있다. 우리의 시야에 들어오는 방의 세 벽면은 그림으로 빼곡히 덮여 있다.

그림의 전면 왼쪽에는 레이스 덮개로 덮인 조그만 원탁이 있고 그 위에는 세련된 크리스털 물병과 긴 다리가 달린 잔이 놓여 있다. 그리고 원탁 옆으로는 한 남자가 관람객을 향해 사분의 삼 정도 등을 돌린 채 짙은 녹색의 가죽 쿠션 안락의자에 앉아 있다. 날카로워 보이는 코 위에 철테 안경을 얹은, 백발이 성성한 노인이다. 그의 얼굴을 좀더 자세히 들여다보면, 농진膿疹이 나 있는 광대뼈와 윗입술 위로 넓게 퍼진 굵은 콧수염, 고집이 세 보일 정도로 뼈가 튀어나온 턱 등 얼굴의 윤곽을 파악할 수 있다. 노인은 가장자리가 붉은색 숄로 장식되고 둥근 칼라가 달린 회색 실내가운을 입고 있다. 또 안락의자의 팔걸이와 조그만 원탁 사이로 적갈색의 짧은 털을 가진 커다란 개의 일부가 보이는데, 아마도 노인의 발치에서 잠들어 있는 듯하다.

이 그림 안에는 100여 점 이상의 또다른 그림이 모여 있으며 누구나 아주 정확하게 기술記述할 수 있을 정도로 세밀하고 섬세하게 그려졌다. 여기서 이 수많은 그림의 제목과 작가를 나열하는 것은 지루할 뿐더러 '소개글' 성격을 벗어나는 일일 것이다. 다만 이 그림 안에 유럽의 회화와 신대륙의 젊은 회화를 아우르는 모든 장르와 모든 유파가 탁월하게 재현되었다는 점을 언급하는 것만으로도 이 그림의 가치를 충분히 나타낼 수 있다. 초상화, 정물화, 풍경화, 해양화 등 모든 장르의 그림이 들어 있고 종교적 주제가 모두 훌륭하게 묘사되어 있다. 아울러 롱기, 들라크루아, 델라 노테, 베르네, 홀바인, 마테이의 작품과 그밖의 걸작을 발견하고 감식하고 확인하는 기쁨 역시 관람객의 몫이다. 이 걸작은 모두 유럽의 주요 미술관에 걸려 있을 만한 것들로, 미술애호가 라프케가 유럽을 여행하면서 저명한 미술전문가의 지혜로운 조언을 듣고 찾아낸 것들이다.

그림의 세부사항에 대해 보다 심도 있게 설명하기보다 그림 속에 있는 다음 세 작품에 대해 관람객의 특별한 주의를 요구하고 싶다. 이 세 작품은 하인리히 퀴르츠가 우리에게 보여준 재능과 헤르만 라프케가 발굴 및 수집 과정에서 느꼈을 행복을 동시에 설명해줄 만한 그림들이다.

첫번째 그림은 수집가 라프케의 머리 위 왼쪽 벽에 걸려 있는 〈성모 방문화〉다. 일반 관객은 이 그림을 파리스 보르도네, 로렌조 로토 혹은 세바스티아노 델 피옴보의 작품으로 여겼을 수도 있다. 먼저, 그림 속에는 높은 기둥으로 둘러싸인 작은 광장이 보이고 기둥 사이사이로 아름답게 수를 놓은 커다란 장식 휘장이 세워져 있다. 광장 한가운데에는 길고 풍성한 붉은 베일을 두르고 짙은 녹색 원피스를 입은 성모 마리아가 그녀를 마중 나온 엘리자베스 성녀 앞에 무릎을 꿇고 앉아 있고, 하인 두 명이 나이 든 엘리자베스 성녀를 부축하고 있다. 그림의 오른쪽 전면에는 검은 옷을 입은 노인 세 명이 보인다. 그중 두 명이 서로 마주보고 서 있는데, 첫번째 노인은 반쯤 펼쳐진 양피지 종이를 들고 있으며, 종이에는 요새화된 한 마을의 지도가 가느다란 푸른색 선으로 그려져 있다. 두번째 노인은 앙상한 손가락으로 지도를 가리키고 있다. 세번째 노인은 초록색 쿠션이 깔린 황금빛 나무 의자 위에 다리를 꼬고 앉아 있는데, 다른 두 노인에게서 등을 돌린 채 먼 풍경을 바라보는 듯한 모습이다. 한편 그림 속 또다른 커다란 광장에는 성모 마리아를 호위하기 위해 기다리고 있는 가마가 있다. 두 마리 백마가 끄는 그 가마는 가죽 커튼으로 덮여 있고, 붉은색과 회색 제복을 입은 두 시동이 말굴레를 붙잡고 있다. 가마 옆에는 황금빛 깃발이 달린 창과 갑옷으로 무장한 기사가 성모 마리아를 기다리고 있다. 저 멀리 안개가 희뿌옇게 낀 마을의 탑들이 보이고, 좀더 먼 지평선으로는 작은 숲과 언덕으로 이루어진 풍경이 보인다.

두번째 그림은 오른쪽 벽에 걸려 있다. 샤르댕이 그린 〈점심 준비〉라는 제목의 작은 정물화이다. 그림 속 돌로 된 식탁 위에는 주방용 막자사발, 국자, 거품 떠내는 조리 등 다양한 주방 기구가 놓여 있고, 그 사이로 하얀 아마포로 싼 햄과 우유가 가득 담긴 사발, 페슈 드 비뉴[1] 몇 알이 담긴 그릇, 커다란 연어 조각이 놓인 뒤집힌 접시가 배치되어 있다. 또 식탁 위로는 죽은 오리의 오른발이 가는 끈으로 묶인

---

1. Pêche de vigne: 포도밭 노지에서 재배한 복숭아를 뜻하는 프랑스어.

채 벽에 매달려 있다. 드물게도, 이 그림에서는 샤르댕의 자연미, 단순함, 신선함이 행복한 느낌과 더불어 제시되는 것처럼 보인다. 따라서 이 그림에서 가장 놀라운 것이 무엇인지에 대해서는, 즉 프랑스 화가 샤르댕의 재능인지 아니면 그의 재능을 성공적으로 보여준 퀴르츠의 완벽한 "표현력"인지에 대해서는 오랫동안 자문해봐야 한다.

마지막으로, 세번째 그림은 벽이 아니라 방의 오른쪽 구석에 있는 받침대 위에 놓여 있다. 이 그림에 대해 한 마디도 언급하지 않고 이 독특한 그림들의 집합에 대해 말한다는 것은 분명 유감스러운 일일 것이다. 바로 〈브론코 맥기니스의 초상화〉다. 브론코 맥기니스라는 인물은 스스로 "세상에서 문신을 가장 많이 한 사람"이라고 주장했으며 시카고 국제박람회 같은 행사장에 나타나 그것을 과시하기도 했다.(그의 사후인 1902년, 그가 '르 마레쉬'라고 불리는 브르타뉴 출신의 인물이고 그의 문신 중 가슴 문신만 진짜였다는 사실이 밝혀졌다.) 아무튼 이 초상화는 우리의 동향인 아돌푸스 클라이드뢰스트의 작품인데, 이 화가의 경력은 쾰른에서 시작해 클리블랜드까지 화려하게 이어졌다. 따라서 이 그림 역

시 이번 전시회에서 헤르만 라프케 컬렉션에 속해
있으며, 라프케가 직접 출품한 독일계 미국 유파의
다른 여러 작품과 함께 소개되었다.(카탈로그 95번
그림 참조) 그런데 아마도 이쯤에서 관람객 대부분
은 하인리히 퀴르츠가 매우 세심하게 재현한 축소
판과 원작 그림을 비교하고 싶어질 것이다. 그리고
바로 그 순간 그들은 놀라움과 경이로움에 사로잡
히게 될 것이다. 왜냐하면 퀴르츠가 그림 〈어느 미
술애호가의 방〉 속에 또하나의 〈어느 미술애호가의
방〉을 그려놓았기 때문이다. 그림 속에서 수집가는
자신의 방에 앉아 안쪽 벽을 바라보고 있는데, 그 시
선의 축을 따라가다 보면 자신이 수집한 그림들을
바라보고 있는 그의 모습을 그린 또하나의 그림이
벽에 걸려 있는 것을 발견할 수 있다. 다시 말해, 그
림 〈어느 미술애호가의 방〉 속에는 정확성을 유지
한 채 첫번째 복제, 두번째 복제, 세번째 복제가 이
어지고 있으며, 캔버스 위에 미세한 붓터치 말고 아
무것도 남지 않을 때까지 복제가 반복되고 있다. 요
컨대, 그림 〈어느 미술애호가의 방〉은 단순히 개인
미술관의 평범한 재현이 아니다. 연속되는 반사 유
희와 점점 더 세밀해지는 반복이 만드는 마법적인

매력, 완벽하게 몽환적인 세계 속에서 끊임없이 동요하는 작품이다. 이 몽환적 세계 속에서 그림의 유혹은 무한대로 증폭되며, 정점에 이른 회화적 정확성은 그것의 종점을 향해 가기는커녕 오히려 '영원회귀'라는 숭고한 정신으로 한순간 승화한다.

둘째 주가 되면서부터 하인리히 퀴르츠의 그림이 걸려 있는 방으로 엄청난 사람들이 몰려들었다. 전시회 조직위원회가 나서서 한 번에 스물다섯 명의 관람객만 들어가고 15분 내로 나오는 제한을 두어야만 했다. 퀴르츠의 그림이 걸려 있는 공간은 정교한 추가 작업을 거쳐 헤르만 라프케의 컬렉션이 있는 방을 최대한 충실하게 재구성했다. 〈어느 미술애호가의 방〉이 안쪽 벽 전체를 차지했고 〈브론코 맥기니스의 초상화〉는 오른쪽 구석에 있는 이젤 위에 놓였다. 방에 전시된 나머지 다른 그림도 마찬가지로 라프케의 컬렉션에 속하는 작품이었으며, 모두 퀴르츠의 그림 안에서 차지했던 위치와 일치하는 곳에 배치되었다.

관람객들은 하인리히 퀴르츠의 그림과 점점 더 작아지는 그림 속 모작 그림을 비교하는 것에 싫증을 느끼지 않는 것처럼 보였다. 사람들은 곧 퀴르츠의 〈어느 미술애호가의 방〉 크기가 3미터 조금 안 되는 너비에 2미터가 조금 넘는 높이이고, 첫번째 "그림 속 그림"의 크기는 1미터 가량의 너비에 70센티미터의 높이이며, 세번째 "그림 속 그림"의 크기는 11센티미터 너비에 8센티미터 높이, 다섯번째 "그림 속 그림"의 크기는 우표보다도 조금 작은 크기, 여섯번째 "그림 속 그림"의 크기는 간신히 5밀리미터 너비에 3밀리미터의 높이라는 것을 계산하며 즐거워했다. 그리고 이튿날에는 보석상에서 쓰는 돋보기를 가지고 온 어떤 남자가 다른 두 친구의 손과 어깨에 발을 딛고 그림을 관찰한 끝에, 퀴르츠의 그림 속 '앉아 있는 사람'과 '문신한 남자의 초상화가 놓인 이젤'은 그림이 축소되고 반복되면서도 매우 분명하게 식별된다는 것을 확인했다. 그리고 마지막 단계에 이르러 그림은 0.5밀리미터의 가는 선으로 표현된다는 것도 밝혀냈다. 이에 따라 다른 수십 명의 관람객들도 각종 돋보기와 검사용 확대경을 들고 와서 그림을 관찰했으며, 이들이 만들어낸 유행 덕분에 도시의 광학기구 상인들은 몇 달 동안 큰 수입을 거둘 수 있었다.

　이 광신적인 관찰자들은 하루에도 몇 번씩 전시장에 찾아와 그림의 크기를 센티미터까지 체계적으로 검토하고 또 그림의 상단을 좀더 자세히 관찰하기 위해 놀라운 재능(혹은 대담한 곡예)을 발휘하는 지경에 이르렀다. 이러한 노동은 마침내 다양한 크기의 〈어느 미술애호가의 방〉 사이에 존재하는 차이를 발견하는 데 적잖은 도움이 되었다. 적어도 첫번째 그림에서 세번째 그림 사이에 존재하는 차이는 분명하게 구분할 수 있었는데, 그 다음 단계에서부터는 대부분의 세부사항을 명확히 구별해내기 어려웠다. 초반에 관람객들은 화가 퀴르츠가 의욕적으로 매 단계마다 가능한 한 충실하게 그림을 복제하려 했지만 기술적 한계에 부딪혀 이렇듯 식별 가능한 차이를 낳았다고 생각했을지 모른다. 하지만 얼마 지나지 않아 그들은, 퀴르츠가 그림을 온전하게 복제하지 않으려 노력했고 매 단계마다 미세한 차이를 만들어내면서 일종의 장난스러운 즐거움을 누렸을 것이라는 사실을 깨달았다. 복제 그림의 단계가 바뀔 때마다 그림 속 인물이나 세부 요소가 사라지거나 위치가 변경되거나 다른 것으로 대체되었기 때문이다. 예를 들어 가르텐의 그림에 등장하는 찻주전자는 다음 그림에서 푸른색 에나멜 커피포트로 바뀌었고, 첫번째 복제 그림에서 강인해 보였던 권투 챔피언은 두번째 그림에서 강력한 어퍼컷을 얻어맞은 후 세번째 그림에서는 바닥에 쓰러졌다. 또 카니발 가면으로 가득 찼던 광장은 다음 그림에서 텅 비었고(롱기의 〈쿠아를리 궁전에서의 축제〉), 모로코를 그린 한 풍경화에서는 베일을 쓴 여인, 작은 노새, 단봉낙타가 차례로 사라졌으며, 쉔브라운의 〈해밀턴 강을 따라 내려오는 에스키모들〉을 재현한 그림은 복제의 단계가 바뀔 때마다 디트리히 헤르만슈탈의 〈진주조개 어부들〉로, R. 뮤트의 〈젊은 신랑의 초상화〉로 대체되었다. 그리고 목동이 양떼를 몰고 들어오는 모습을 그린 한 그림(〈회화 교습〉, 네덜란드 유파)에서, 양들의 수는 첫번째 그림에서 열 마리 남짓이었다가 두번째 그림에서 스무 마리 남짓이 되었으며 세번째 그림에서는 양들이 모두 사라져버렸다. 아울러 류트 연주자는 플루트 연주자가 되었고(〈카바레 장면〉, 플랑드르 유파), 조그만 시골길 위의 세 남자는 비만에 가까운 뚱뚱한 모습에서 불안해 보일 정도의 마른 모습으로 바뀌었다.

이처럼 헤아릴 수도, 예측할 수도 없는 변형은 대부분 아주 미세한 세부 요소에서 일어났다. 가령 약간 손상된 모자의 깃털이라든가 두 줄 진주목걸이 대신 나타난 세 줄 진주목걸이, 리본의 색깔, 사발의 형태, 검劍의 손잡이, 샹들리에의 디자인 등등. 이러한 변형이 관람객의 호기심을 극도로 자극했으므로 이들은 변형된 세부 사항의 가짓수를 정확히 헤아리고, 변형의 최초 증거가 무엇인지 파악하기 위해 헛된 노력을 기울였다. 따라서 관람 시간을 다소 조절하기 위해 조직위원회가 매우 엄격한 규칙을 부과했는데도 각종 통행허가증이나 자유통행증을 얻은 관람객 그룹이 점점 더 불어났으며, 이들은 관람시간 내내 그림에 코를 바짝 들이댄 채 열정적으로 메모를 하거나 부정확한 계산을 열 번씩 되풀이하

곤 했다. 전시회 폐막일이 다가오자 그들을 살짝 움직이게 하는 것조차 어려워졌고, 여기저기서 말다툼과 싸움이 일어나기 시작했다. 결국 10월 24일 저녁, 폐막일을 일주일도 채 남기지 않은 시점에서 마침내 피할 수 없는 사건이 일어나고 말았다. 그림이 있는 전시실에 들어가지 못하고 하루종일 기다리던 한 관람객이 격분한 나머지 갑자기 방 안으로 난입해 커다란 먹물 병을 그림에 통째로 부어버린 것이다. 그러고는 군중에게 붙잡혀 집단 폭행을 당하기 일보 직전에 용케 밖으로 빠져나갔다.

다음날 아침 전시회장의 방은 텅 비었다. 그림이 있던 자리에는 벽보가 하나 붙어 있었는데, 거기에는 헤르만 라프케 씨의 긴급 요청에 따라 그림 〈어느 미술애호가의 방〉과 그의 컬렉션에 속하는 나머지 모든 그림을 철수한다는 설명이 적혀 있었다.

모든 언론이 이 사건을 기이한 사고로 다루었고, 전시회의 마지막 며칠은 이 사건 때문에 우울하게 마무리되었다. 그런데 사건이 일어난 후 몇 주가 지났을 무렵, 퀴르츠의 그림에 관한 방대한 분량의 연구논문이 『오하이오 예술학교 학술지』라는 그럭저럭 신뢰할 만한 한 미학 잡지에 발표되었다. 논문의 저자는 레스터 K. 노박이라는 사람이었고, 논문

제목은 「미술과 반사」였다. "모든 작품은 다른 작품의 거울
이다"라는 문장으로 시작되는 논문의 서문은 다음과 같이 정
리할 수 있다. 즉 수많은 그림, 혹은 모든 그림의 진짜 의미는
이전 작품과의 관계 속에서만 찾을 수 있다. 기존의 작품은
새로운 작품 안에서 전체적으로 또는 부분적으로 단순 복제
되거나 훨씬 더 암시적인 방식으로 암호화되어 삽입된다. 이
런 관점에서 볼 때 '미술애호가의 방(쿤스트캄머)'²이라 불
리는 독특한 유형의 그림에 특별히 관심을 기울일 필요가 있
다. '미술애호가의 방'이라는 회화 전통은 16세기 말 안트베
르펜에서 생겨났고³ 19세기 중반까지 유럽의 주요 유파를
통해 명맥을 유지해왔다. '미술애호가의 방'은 미술관으로서
의 그림 개념과 상품 가치로서의 그림 개념을 모두 아우르
며, 그림 그리는 행위의 근간을 타인의 그림에서 힘을 끌어
오는 "반영적 역동성"에 둔다.

　　노박은 논문의 도입부 여섯 페이지에서 다소 무겁게 설
명한 이러한 이론을 바탕으로, 가장 유명한 '미술애호가의
방' 그림 중 몇몇에 대해 기술했다. 예를 들어 아벨 그리머의
〈마르타 성녀와 마리아의 집에 방문한 그리스도〉에서는 피
터르 브뤼헐의 〈바벨탑〉을 발견할 수 있고, 얀 브뤼헐의 〈오
감〉 연작에서는 루벤스, 반 노르트, 스네이더르스, 제헤르스
의 작품과 작가 자신의 작품을 발견할 수 있다. 또 프랑컨

3. '미술애호가의 방' 그림(혹은 '갤러리 그림')은
안트베르펜을 중심으로 한 플랑드르 회화에서
특히 발달했다. 이는 활발한 무역 활동으로 상당한
부를 쌓고 새로운 문물을 축적했던 당시의 시대적·
지역적 상황과노 연관된다. 귀족이나 부유한
상인들은 일종의 전시실 같은 '방cabinet'을
소유했으며, 거기에 자신들이 수집한 예술품이나
고상한 취향의 물건을 두어 부를 한눈에
과시하고자 했다.

2. Kunstkammer: '예술의 방'이라는 뜻의 독일어.

가문의 수많은 '미술애호가의 방' 그림[4]에는 안트베르펜 화가들의 대표적 그림이 전부 나타나 있다. 피터르 네프스의 성당 실내풍속화, 요세 데 몸퍼르의 알프스 풍경화, 모스타르트의 화재 그림, 아담 빌라르츠의 해양화, 얀 브뢰헐의 꽃다발 그림, 브라우버르가 그린 카바레 장면 그림, 스네이더르스의 정물화, 얀 피트의 사냥 기념 그림 등등. 한편 빌럼 반 하흐트가 그린 〈알베르트와 이자벨라 대공 부부가 방문한 코르넬리스 반 데르 헤이스트의 미술애호가의 방〉[5]에서는 수많은 그림 외에도 라디슬라스 지기스몬트 폴란드 국왕, 니콜라스 로크콕스 시장市長, 루벤스, 반다이크, 피터 스티븐스, 얀 빌던스, 프란츠 신데르스 등 당대 유명 인사들을 알아볼 수 있다. 또한 이 그림의 한구석에는 청년 얼굴을 한 화가 빌럼 반 하흐트가 우수 어린 표정으로 등장하는데, 그는 메세나인 코르넬리스 반 데르 헤이스트의 갤러리로 이어지는 계단을 천천히 올라가고 있다. 그는 이 갤러리를 위해 오늘날 사라지고 없는 얀 반 에이크의 〈화장하는 여인〉을 포함해 40여 점의 그림을 복제했다. 조반니 파올로 판니니의 '갤러리 그림들'[6]이나 와토의 〈제르생의 간판〉 또한 '미술애호가의 방'에 해당된다. 특히 와토는 이 작품이 '예술적 유언'이 될 것이라 생각하고 자기가 가장 좋아하는 그림들을 이 그림 안에 재생하기로 결심했다. 끝으로 아드리안 데 렌리가 그린

4. 특히 프란스 프랑컨 2세Frans Francken II의 작품이 유명하다. 〈어느 골동품 판매상이 갤러리〉(1620), 〈어느 그림 갤러리의 실내〉(1625), 〈예술품과 진귀한 물건 컬렉션〉(1625), 〈예술의 방〉(1636) 등이 '미술애호가의 방' 그림에 해당한다.

〈그림 갤러리 안에 있는 수집가 얀 힐더메이스터르〉도 '미술
애호가의 방' 계열의 그림에 속한다.

　다음으로 레스터 노박은 하인리히 퀴르츠의 작품에 대
한 상세한 분석을 시도했다. 먼저, 어떻게 이 젊은 화가가 헤
르만 라프케의 특별 주문에 응하면서 "피사넬로에서 터너에
이르는, 크라나흐에서 코로에 이르는, 루벤스에서 세잔에 이
르는," 그야말로 "회화의 역사" 그 자체인 하나의 작품을 만
들어냈는지를 설명했다. 또 어떻게 퀴르츠가 역사가 긴 유럽
회화의 전통에 맞서 그가 직접 뿌리를 두고 있는 미국 유파의
다양한 작품을 화폭 위에 나타나게 했는지에 대해서도 독자
적인 방식으로 살펴보았다. 특히 어떻게 화가의 위상에 대한
자신의 성찰적 작업의 미학적 중요성을 이중적인 방식으로
지시했는지에 대해 설명했다. 한편으로는 그림의 한가운데
자신이 주문받은 그림 자체를 다시 재현하는 방식을 사용했
으며(마치 헤르만 라프케가 자신이 수집한 그림을 바라보면
서, 동시에 자신이 수집한 그림을 바라보고 있는 그의 모습
을 재현한 또하나의 그림을 보고 있는 것처럼. 혹은 하인리
히 퀴르츠가 그림들의 컬렉션을 재현한 하나의 그림을 그리
면서, 동시에 그가 그리는 바로 그 그림을 보고 있는 것처럼.
즉 시작인 동시에 끝인 그림, 그림 속 그림, 그림의 그림을 그
리고 있는 것처럼), 이는 〈라스메니나스〉나 페르피냥 미술

5. 이 그림의 정확한 제목은 〈코르넬리스 반
데르 헤이스트의 전시실〉(1628)이다. 이 그림에
등장하는 알베르트와 이자벨라 대공 부부는 이와
유사한 갤러리 그림인 히에로니무스 프랑컨 2세
Hieronymus Francken II의 〈어느 수집가의
전시실을 방문한 알베르트와 이자벨라 대공 부부〉
(1623)에도 주요 인물로 등장한다.

6. 판니니는 여러 점의 갤러리 그림을 남겼는데,
특히 〈고대 로마 풍경이 있는 갤러리〉(1758)와
〈근대 로마 풍경이 있는 갤러리〉(1759)가 잘
알려져 있다.

관에 소장되어 있는 리고의 〈자화상〉에서처럼, 응시 대상과 응시 주체가 끊임없이 서로 부딪히고 뒤섞이는 무한한 거울 작용 같은 방식이다. 다른 한편으로는 두번째 단계, 세번째 단계를 거치며 무한대로 이어지는 이 반사적인 그림 내부에 자신의 작품 두 점을 포함하는 방식을 사용했다. 하나는 수년 전 라프케가 퀴르츠에게 구입한 그의 청년기 작품이었고, 다른 하나는 오래전부터 구상했지만 아직까지 시작 단계에 머물러 있는 작품이었다. 물론 후자의 경우, 그림 속에 삽입된 작품의 "허구적 모사화"는 아주 작은 크기였으며, 완성될 작품에 대한 일종의 상상 이미지 같은 것이었다.

요컨대 이 작품과 관련해 거의 병적이라 할 만한 매혹을 일으키는 요인은, 화가의 기술적 능력보다 공간적이면서도 시간적인 투시법의 실현에 있었다. 그러나 레스터 노박은 결론에서 결코 이러한 전망의 의미를 오해하지 말아야 한다고 강조했다. 이 작품은 예술의 죽음을 나타내는 이미지이며, 자신의 고유한 표본을 무한히 반복하도록 운명지어진 이 세계에 대한 거울과 같은 반영이기 때문이다. 또한 노박은 관람객을 극도로 격앙시킨 모사화와 모사화 사이의 미세한 차이들이야말로, 예술가의 우울한 운명에 대한 최후의 표현일 것이라고 주장했다. 마치 다른 사람의 작품에 나타난 이야기에 의해서만 자신의 이야기를 표현할 수 있는 예술가가 이러한 차이를 통해 한순간이나마 예술의 기존 질서를 어지럽히는 척할 수 있고, 나열을 넘어 새로운 것을 창조하고 인용을 넘어 영감을 분출하며 기억을 넘어 자유를 되찾는 척할 수 있는 것처럼. 그러므로 아마도 작품 속 그림들 중에서 괴기스럽게 문신을 한 남자의 초상화보다, 즉 되풀이되는 그림의 매 단계마다 보초를 서고 있는 듯한 그 채색된 몸보다 더 우스꽝스러우면서도 날카로운 의미를 지니는 그림은 없을 것이다. 수집가의 눈앞에서 그림이 된 이 남자는, 그림 그릴 권리를 박탈당한 채 완전히 그려진 표면이라는 유일한 성과물을 바라보고 나아가 그것을 볼거리로 제공하도록 운명지어진 '창조자'라는 존재에 대한 조소와 냉소, 향수와 환멸이 서린 상징에 지나지 않는다.

1914년 4월 2일 목요일 아침, 헤르만 라프케는 시체로 발견되었다. 장례식은 그가 유서에 아주 상세히 기술한 의례에 따라 일주일 후에 거행되었다. 그의 장례 의례는 마치 레스터 노박의 분석들 중 일부를 죽음의 방식으로 어느 정도 연장한 것 같았다. 급한 초청을 받고 맥시코에서 온 당대 최고의 박제사가 그의 시신을 박제했다. 박제된 시신에는 퀴르츠의 그림 안에서 그가 입었던 붉은 테두리 장식의 회색 실내복이 입혀졌고, 그림 안에서 그가 앉아 있던 바로 그 안락의자

위에 앉혀졌다. 사람들은 안락의자와 그의 시신을 지하 묘소
로 옮겼다. 지하 묘소는 라프케가 좋아하던 그림들을 걸어둔
바로 그 방을 약간 축소된 규모로 정확하게 모방한 공간이었
다. 하인리히 퀴르츠의 커다란 그림이 맨 안쪽 벽 전체를 차
지하고 있었다. 라프케의 시신은 그림에서 묘사된 것과 아주
흡사한 자세로 그림의 맞은편에 놓였다. 그리고 그림 오른편
에는, 그림 속 〈브론코 맥기니스의 초상화〉가 있는 바로 그
자리에 헤르만 라프케를 그린 전신 초상화가 이젤 위에 놓여
있었다. 사십여 년 전에 제작된 이 초상화는 양조업자 라프
케가 이집트에 체류하던 시절의 그림인데, 오아시스를 배경
으로 한 그림 속에서 그는 순백색의 플란넬 양복을 입고 종아
리에 회색 아마포 각반을 착용하고 있으며 머리에는 방서모
를 쓰고 있다. 지하 묘소는 곧 밀폐되었다.

첫번째 '라프케 컬렉션 경매'는 수집가 라프케가 죽은 지 몇
달 뒤 피츠버그의 서덜워크 갤러리에서 개최되었다. 경매장
으로 몰려든 수많은 미술애호가는 하인리히 퀴르츠의 〈미술
애호가의 방〉에 세심하게 묘사된 모작들의 원작을 보고 싶
어 조바심을 냈다. 사실 그들은 전시회에 소개되었던 독일계
미국 화가들의 몇몇 작품을 제외하고는 그 모작들의 원작에
대해 잘 알지 못했다. 하지만 그들은 곧 실망했다. 경매 카탈

로그에는 퀴르츠의 그림 안에 묘사된 그 어떤 작품도 소개되지 않았기 때문이다. 카탈로그에 소개된 작품들은 대부분 미국 유파에 속했는데, 이 그림들은 물론 평소 미술시장에 나오는 것들에 비하면 높은 수준을 지녔지만 구매자들의 관심을 유발시키기에는 턱없이 부족했다. 미술애호가들은 그런 장르의 그림에 너무나 익숙했고, 옛 거장의 이런저런 걸작을 놓고 격렬하게 싸울 수 없다는 사실에 대해 크게 실망했다. 결국 경매 카탈로그에 등록된 216개의 작품 중에서 1,000달러가 넘는 가격에 팔린 것은 여덟 점뿐이었으며, 그중 다섯은 다음과 같은 미국 유파의 그림이었다.

35번 작품: 데이지 버로스의 〈남북전쟁 당시의 하사관〉. 무미건조한 '자연주의 계열의 작품치고는 비교적 높은 가격(1,250달러)을 받았는데, 그것은 아마도 이 화가가 극히 적은 수의 작품을 남겼고 역사화가가 되기를 희망했던 매우 드문 여류화가 중 하나라는 사실 때문일 것이다. 버로스는 1840년에 출생해 1856년에서 1861년까지 헨리 스트링빈의 제자로 활동했다. 1865년 그녀는 그랜트 장군의 군대가 장악했던 리치몬드에 머물렀는데 폭풍우가 치던 3월 19일 밤과 20일 사이 굴뚝에서 떨어져 죽었다.

62번 작품: 러셀 존슨의 〈포렐 평야 근처의 석유갱石油坑〉. 아주 상투적인 그림이지만 이런 주제는 언제나 많은 고객을 매혹시킨다. 아모코 모터 석유회사의 부사장이 1,175달러에 구입했다.

72번 작품: 토머스 코빗의 〈살로몬 섬의 원주민들〉. 스퀴렐 형제의 민족지학적 탐사에 동반했던 토머스 코빗은 살로몬 섬을 주제로 한 데생과 수채화 50여 점을 그렸다. 작가는 이 데생과 수채화를 바탕으로 열두 점의 대작 연작을 완성했고, 자신의 여행을 재정적으로 넉넉하게 뒷받침해준 플로라 비어코퍼 재단에 그 연작을 기증했다. 1896년 비어코퍼 재단이 화재로 큰 피해를 입어 열두 점의 작품 중 열한 점이 완전히 소실되었는데, 심하게 손상된 열두번째 작품만 명확하게 밝혀지지 않은 조건으로 헤르만 라프케의 컬렉션에 들어왔다. 구매자는 아마도 이러한 사정 때문에 서투르고 틀에 박힌 양식의 이 그림에 7,200달러라는 부적절한 가격을 치렀을 것이다.

73번 작품: 버니 빅포드의 〈1899년 6월 30일, 신기록에 도전하는 찰스 M. 머피〉. 버니 빅포드는 버팔로에서 출생했으며 아버지의 직업은 조각가였다. 일찍이 재능을 보였던 빅포드

는 겨우 열여섯의 나이에 이 그림을 완성했다. 경매가 열리
던 시기에 그는 유럽에 있었으며 보나의 아틀리에에서 작업
하고 있었다. 몇 년 후 미국으로 돌아오는 대형 여객선에서
그는 악명 높은 갱스터 안젤로 메리시를 알게 되는데, 안젤
로는 그후 이 화가를 보호해주었고 빅포드는 뉴욕 갱단의 정
식 초상화가가 되었다. 빅포드가 남긴 몇 안 되는 초상화 중
두 점은 오늘날 브루클린의 경찰 아카데미 박물관에서 볼 수
있다. 하나는 버니 살바토리의 초상화이고, 다른 하나는 알
카포네의 측근 중 한 명인 실바노 피오렌티니의 초상화이다.

76번 작품: 워커 그린테일의 〈인디언 여인〉. 헤르만 라프케
가 수집한 작품들 중 스물다섯 점이 인디언을 주제로 한 그
림인데, 그중 이 작품만 유일하게 예술적 가치를 지니고 있
다. 300달러에 경매가 시작되었으나, 화가의 높은 가치에 대
한 확신으로 작품의 가치는 곧 1,200달러에 도달했다. 이 작
품은 남편의 전리품이 매달린 전쟁 깃대 아래 앉아 있는 젊은
인디언 미망인을 그린 것인데, 같은 주제를 그린 조지프 라
이트 오브 더비의 유명한 작품과 몇 가지 유사점을 보인다.

여덟 작품 중 나머지 세 작품은 유럽 화가의 그림이었는데,
이 작품을 두고 훨씬 더 활발한 흥정이 이루어졌다.

첫번째 작품—경매 카탈로그 8번 작품—은 예술작품이라기보다는 신기한 물건에 가까웠다. 그것은 핸들을 돌려 보는 그림 장치였는데, 그림 자체는 아마도 인형극의 무대배경으로 사용할 목적으로 그려진 듯했다. 약 65센티미터×40센티미터의 직사각형 나무틀처럼 생긴 이 기구의 양 측면에는 원통이 달려 있었고 그 원통에 그림이 감겨져 있었다.

그림을 돌려 따라가면, 먼저 포플러나무가 늘어서 있는 어느 운하의 주변이 보이고 수문水門과 자갈을 실은 수송선, 어부의 낚싯줄이 차례로 눈앞에 나타난다. 곧이어 어두운 색 나무들이 들어찬 어느 숲으로 들어가는데, 숲속에는 통나무로 된 오두막집이 하나 있다. 그러고 나서 다시 좁은 길을 통해 빠져나오는 동안 좁은 길은 점점 도기陶器와 타일을 파는 가게와 여러 층의 건물이 있는 어느 대도시의 거리로 변한다. 하지만 또다시 집들이 드문드문 보이기 시작하고 하늘은 맑게 개며, 거리는 열대지방의 작은 길로 변한다. 그 작은 길에서 그리 멀지 않은 곳에 커다란 밀짚모자를 쓴 아랍인이 당나귀를 타고 종종걸음으로 지나가고 있는 오아시스가 나타나고, 아프리카 기병들이 안일하게 무기를 드러내놓고 있는 작은 보루堡壘도 나타난다. 마침내 풍경은 바다로 변하고 잠시 바다를 건너면 커다란 항구에 이른다. 그리고 안개에 잠긴 부두를 따라가다 보면 슬프고도 차가운 분위기의 작은 카페 안으로 들어가게 된다.

이때, 아마도 인형극의 장이 바뀌는 것을 표현하려는 듯 흰색의 긴 띠가 나타나 그림의 연결을 중단시킨다. 그러고는 새로운 배경 그림이 이어지는데, 먼저 벽에 톱과 줄이 가득 매달려 있는 소목小木장이의 공방이 모습을 드러낸다. 다음으로 근사한 유람선의 호화로운 선실 내부가 보이고, 이어 어느 다리 위로 멋진 파노라마 풍경이 펼쳐진다. 완벽하게 빛나는 여름밤의 풍경인데, 하늘은 별들로 반짝이고 지평선 너머로 보이는 도시는 환하게 불을 밝히고 있다. 얼마 후 도시의 모습은 희미하게 사라지고 새벽이 밝아오며 메마른 광야가 나타난 다음 곧바로 황량한 묘지의 모습이 드러난다.

풍경과 풍경 사이에 다시 한번 휴지休止의 순간이 찾아오고, 마침내 마지막 배경 그림이 이어진다. 먼저 가구가 거의 없는 방이 보이고, 둥근 탁자와 조각으로 장식된 찬장이 놓인 거실이 보이며, 터키모자와 금색 수가 놓인 붉은색 조끼를 착용한 종업원들이 오가는 어느 이슬람 국가의 카페테라스가 나타난다. 그다음 파리의 한 카페 실내가 보인 후, 영국 간호사들과 알자스 출신의 유모들이 있는 샹젤리제 거리 남단의 커다란 공공유치원 시설이 나타난다. 그리고 작은 꼭두각시인형극 극장이 보이고, 곧이어 오렌지색과 푸른색이 섞인 줄무늬 텐트 아래 커다란 오렌지색 태양으로 장식된 곤돌라 두 개와 잘 다듬어진 갈기를 지닌 말들이 있는 승마연습장이 모습을 드러낸다.

카탈로그 해설에 따르면 이 미니어처 파노라마 그림은 헤르만 라프케가 프랑스 벨빌 구역의 한 골동품 상점에서 직접 찾아낸 것이다. 재현되는 배경 그림의 수수께끼 같은 특성에 매료된 수집가 라프케는 이 배경 그림이 어떤 드라마와 관련되는 것인지 알아내기 위해 오랫동안 연구를 진행시켰다. 연구 결과 이 그림이 1880년대 전후 파리의 살롱에서 커다란 인기를 끌었던 긴 "활동그림 수수께끼" 중 하나의 배경 그림 시리즈로 제작되었을 것이라는 가설이 가장 그럴듯했다. 그러나 어느 누구도 그것에 대해 좀더 정확한 정보를 제공하지는 못했다.

　　라프케의 상속인들이 요구한 적정 가격—2,500달러—은 경매장 홀의 사람들을 깜짝 놀라게 했다. 우수한 수준의 데생과 섬세한 배색효과에도 불구하고 이 그림 장치는 어느 작가의 작품인지 알 수 없는데다가 예술의 세계보다는 장난감의 세계, 엄밀히 말하면 자질구레한 골동품의 세계에 속하는 것이기 때문이었다. 실제로 이 파노라마 그림은 어떤 상품적 가치도 제시하지 못했다. 그러나 작품이 풍기는 매우 기묘하면서도 조마조마한 매력, 헤르만 라프케를 단숨에 사로잡았던 그 매력이 마침내 구매자들의 마음마저 움직이게 만들었다. 400달러까지 내려갔던 경매 가격은 한번 상승세를 타더니 6,000달러에 낙찰되었다.

두번째 유럽 작품은 〈뒤집혀진 영주의 저택〉이라는 제목을 지닌 호가스의 그림(카탈로그 83번 작품)이었다. 화가는 "교훈적 작품들"이라는 판화 시리즈에서 여러 차례 실험했던 주제를 이 그림에서 재시도했다. 호가스는 교훈적 작품들 시리즈에서 살짝 왜곡된 투시법이 상당히 비정상적인 착시현상을 일으킬 수 있다는 사실을 직접 증명해보려고 했다. 예를 들면 한 마부가 아주 멀리 떨어져 있는 말에게 먹이를 준다거나 이층 발코니에 있는 한 인물이 일층에 있는 다른 인물의 손을 잡고 있는 식이다. 이 두번째 작품에서는 한 고딕풍 성의 커다란 방에서 유사한 현상이 일어나고 있다. 한 하인이 방의 거의 반대편 끝에 놓인 촛대에 불을 붙이고 있고, 다른 하인은 자신보다 훨씬 높은 곳에 앉아 있는 귀족에게 마실 것을 따라주고 있으며, 계단의 높은 곳에 있는 한 여인은 층계참 아래에 서 있는 한 남자에게 손을 내밀어 키스를 받고 있다.

경매에서는 사실상 그림 자체보다 명성 있는 작가의 서명과 호기심 어린 주제가 더 많은 가치를 인정받았다. 이 그림의 데생은 서툴렀고 미적 효과도 불분명했고 색상은 음울했으며 그림의 보존 상태 또한 형편없었다. 실제로 이 그림은 거장의 작품보다는 재미있는 여인숙 간판을 연상시켰다. 그럼에도 불구하고 이 작품은 만 달러 고지를 가볍게 넘어섰다.

세번째 작품(93번 작품)은 작가 자신만 유럽과 관련 있었다. 이 작품은 오귀스트 에르비외라는 젊은 프랑스 화가가 1827년에서 1831년 사이 미국에 머무르며 그린 〈테네시의 풍경〉이라는 그림이었다. 오귀스트 에르비외는 1794년 파리에서 태어났지만 영국에서 자랐으며, 그곳에서 토머스 로런스 경의 지도하에 그림을 배웠다. 그후 그는 일확천금을 꿈꾸며 미국으로 떠나는 프랜시스 트롤럽 부인과 동행하는데, 그녀는 유명한 소설가의 어머니이기도 했다. 에르비외는 트롤럽 부인의 친구인 라이트 부인이 멤피스 근처의 나쇼바에 만든 공상주의 예술가 집단에 머무르며 얼마간 그림을 가르쳤다. 라프케의 컬렉션 중 하나인 이 작품의 제작 시기는 바로 이 무렵이다. 에르비외는 얼마 후 신시내티에 정착했고 나중에는 결국 프랑스로 돌아왔는데, 모든 정황상 그가 프랑스에 들어온 후 그림을 그만두었다고 추정된다. 제1차 라프케 경매가 열리던 시기에 오귀스트 에르비외의 작품으로 알려진 것은 석판화 30여 점(이 석판화는 프랜시스 트롤럽이 쓴 소책자 『미국인의 가정 예의범절』의 삽화로 사용되었다)과 수채화 열한 점, 크로키 세 점, 유화 네 점이 전부였으므로 여섯 명의 광적인 수집가들은 이를 차지하기 위해 격렬한 다툼을 벌였다. 아무튼 전문가들에 따르면 사랑스럽지만 다소 장난기 있는 이 풍경화는 500달러나 600달러 이상의 가치가 없었는데, 인기 절정의 영화계 스타 아나스타시아 스완슨의 대리인인 스티븐 시리얼과 알티플라노의 철도회사 사장 맥팔레인이 끈질기게 경쟁한 끝에 7,500달러라는 기록적인 가격까지 올랐다.

여하튼 제1차 경매가 끝날 때까지도 라프케의 상속인 측의 의도가 무엇인지 정확하게 파악하기 어려웠다. 마지막 날 저녁 상속인들은 명함을 나누어주면서 유럽에서 가져온 옛 걸작들을 주요 대상으로 하는 제2차 경매가 곧 열릴 것이라고 홍보했다. 또한 카탈로그 작성과정에서 발생한 여러 가지 복잡한 문제가 해결되는 대로 제2차 경매가 열릴 것이며, 카탈로그의 초안은 뉴욕 카슨 대학의 미술사 교수인 윌리엄 플라이시와 파크앤베넷사社의 전문위원이자 필라델피아 미술사 박물관의 구매 담당 고문인 그레고리 포이어러벤즈가 담당했다고 설명했다.

하지만 그후 몇 년이 지났고 제1차세계대전이 일어났다. 라프케의 상속인들은 일단 자신들에 대한 이야기가 너무 많이 회자되지 않는 편이 낫겠다고 판단했다. 아무래도 당시 미국 여론은 반反독일 감정을 드러내는 경향이 강했기 때문이다. 특히 소수 독일인들이 시민으로 정착해 세력을 형성한 도시에서는 더욱 그랬다. 가령 1916년 블랙톰 섬에서 군수품 창고가 폭발하자 사람들은 이를 독일 스파이 짓으로 간주했다. 그로 인해 클리블랜드, 밀워키, 시카고, 피츠버그에서 거리 시위가 잇따랐으며, 피츠버그에서는 라프케의 양조장 유리창 몇 개가 깨지기도 했다. 또 미국이 직접 전쟁에 참전하자 1,800여 명의 재미 독일인들이 범게르만주의 활동에 참여했다는 혐의를 받고 엘리스 섬에 투옥되기도 했는데, 그중에는 피츠버그의 일간지 『다스 파터란트』의 부주필도 있었다. 따라서 열렬한 호응을 얻었던 1913년의 친독일 축제 분위기를 다소간이라도 연상시키는 것은 모두 국민적 반감이나 정부기관의 적대감을 유발할 가능성이 있었다.

결국 1924년이 되어서야 제2차 '라프케 컬렉션 경매'가 열렸다. 그사이 영리한 라프케의 상속인들은 볼스테드 수정법안을 예측하고 자신들의 양조장을 캐나다로 이전시켰다. 또한 이 기간 동안 양조가 라프케의 컬렉션에 대한 새로운 정보를 제공하는 두 권의 책이 출간되었는데, 거기에는 회화 및 회화 매매의 세계에 진정한 혁명을 가져다줄 정보가 포함되어 있었다.

첫번째 책은 1921년 뉴욕의 모팻앤야드사에서 출판된 라프케의 자서전으로, 그의 사후에 발견된 메모와 수첩을 기초로 두 아들이 완성한 것이다. 양조업자 라프케는 꽤 장중하고 과장된 문체로 고향 트라벤문데에 대한 사소한 기억들을 떠

올리며 이야기를 시작한다. 트라벤문데는 뤼베크 근처의 작은 마을로 그의 아버지는 그곳에서 말 상인으로 일했다. 이어 라프케는 함부르크의 맥주통 제조공장에서 수습공으로 일하던 시절에 대해 이야기한다. 당시 열두 살이었던 그는 세계 오대륙에서 값진 목재나 견직물, 이국적인 식료품 등을 싣고 입항하는 커다란 범선들을 몇 시간 동안이나 바라보며 미래를 꿈꾸곤 했다. 열여섯 살이 된 라프케는 드디어 '필록 테트'라는 덴마크 포경선에 목수로 승선하는데, 이 배는 아이슬란드의 먼 바다에서 난파당하고 그는 뉴펀들랜드의 어부들에게 간신히 구조된다. 라프케는 미국 메인 주의 포틀랜드로 가게 되고, 그곳에서 다시 고용되어 오대호 연안 일대를 무대로 일하게 된다. 그때부터 그의 삶은 전형적인 자수성가의 길로 접어든다. 미시간 호湖를 오가는 이륜선에서 주당 1달러 50센트를 받고 일하는 웨이터로 시작해 곧 나이아가라 폭포의 구내식당 경영자가 되고, 이어 칼라마주의 개경주장 판매 영업권을 획득한다. 얼마 후 그는 시카고에서 가장 규모가 큰 열일곱 개 구내식당에 맥주, 레모네이드, 양주를 독점 공급하는 배급업자가 된다. 이어 세 명의 동업자와 양조장을 설립하지만, 곧 동업자를 물리치고 단독 소유자가 된다. 그의 양조장은 그 도시에서, 나아가 그 주에서 가장 큰 규모로 성장해간다.

1875년에 그는 이미 천만 달러에 가까운 재산을 모았고 그의 큰아들과 둘째 아들은 일을 대신할 만큼 성장했다. 그는 두 아들에게 사업에 대한 감독 역할을 단계적으로 위임한 뒤 남은 인생을 온전히 그림 수집에 바치기로 결심했다.

　　라프케는 나이아가라 폭포에서 일할 당시 그림에 대한 취미를 가지게 되었다. 그는 술집 창고에 방을 하나 마련해놓고 폭포를 그리러 오는 화가들에게 하룻밤에 25센트 가격으로 방을 빌려주었다. 어느 날 거의 한 달 동안 그 방에 머무른 어떤 화가가 집값을 대신해 〈위스키를 마시는 사람들〉이라는 제목의 그림을 남겨놓고 사라져버렸다. 그 그림은 연기로 가득한 조그만 항구의 어느 술집을 그린 것이었다. 더러운 노란색 타일로 장식된 술집 창문 너머로 자욱한 안개에 잠긴 풍경이 보였고, 작은 어선 몇 척과 모래사장에서 그물을 당기는 한 무리의 어부도 묘사되어 있었다. 술집 안에는 거칠어 보이는 세 남자가 조그만 나무 탁자 둘레에 앉아 있었으며, 탁자에는 두꺼운 유리컵 세 개와 가운데가 불룩하게 튀어나온 불투명한 유리병 하나가 놓여 있었다.

　　라프케는 그림을 계산대 뒤 벽에 걸어두었다. 그 그림이 아주 잘 그려진 게 아니라는 것쯤은 충분히 식별할 수 있었다. 그림 속 인물들은 둥근 의자에 제대로 앉아 있지 못했고, 그들의 팔은 너무 짧았으며, 전체적으로 색감이 불충분

했다. 하지만 그 그림을 바라볼 때마다 항상 기분이 좋아졌다. 그는 나중에 부자가 되어 아주 많은 그림을 가져야겠다고 결심했다.

삼 년 뒤 그는 결혼과 칼라마주 정착을 동시에 기념하기 위해 네 점의 그림을 더 사들였다. 그중 〈잠자는 새끼고양이 두 마리〉와 〈낸터컷 항구의 퀘이커교도 여인 집단〉은 그의 부인이 자선 바자회에서 고른 것이다. 〈호랑이 사냥〉이라는 제목의 세번째 그림에서는 등에 가마를 얹은 코끼리 한 마리가 거대한 야생 호랑이를 코로 움켜쥔 채 사투를 벌이고 있다. 싸움 때문에 가마가 절반쯤 뒤집혀 있었고, 허벅지 사이에 달랑 천 한 장만 걸친 비쩍 마른 현지 가이드와 매끈한 얼굴에 두툼한 적갈색 구레나룻을 기르고 기다란 소총을 옆에 찬 유럽인, 값비싼 보석들이 박혀 있고 화려한 수가 놓인 의상을 입은 인도의 왕후는 땅에 떨어지려 하고 있었다. 코끼리 양 옆으로는 공포에 질린 듯 보이는 원주민들이 땅바닥에 무릎을 꿇고 있었다.

네번째 그림은 〈카페의 웨이터들〉이라는 제목의 그림이었다. 복장을 갖춰 입은 웨이터 세 명이 각자 은쟁반을 들고 반짝거리는 구리 계산대 앞에 일렬로 서 있었는데, 세 개의 쟁반 위에는 바닷가재, 거의 완벽할 정도로 투명한 플랑,[7] 공작 깃털로 장식된 화려한 데코레이션 케이크가 각각 놓여 있

7. Flan: 향료를 가미한 프랑스식 크림 과자.

었다. 또 계산대 위 술병이 놓인 진열장 뒤로는 크고 높은 거울이 벽에 부착되어 있었으며, 거울 속에는 레스토랑 홀이 반사되어 나타났다. 즉 연미복을 입거나 드레스에 페티코트를 걸쳐 입거나 똑같은 장식의 옷을 입은 근사한 손님들이 금제 식기, 회반죽 장식, 쇠시리 장식, 커다란 샹들리에, 과도하게 화려한 문양의 식기대로 꾸며진 레스토랑 홀을 채우고 있었다.

그는 이 네번째 그림을 가장 좋아했다. 자신의 초창기 직업을 상기시켰기 때문이다. 이 그림은 또한 그의 첫번째 그림인 〈위스키를 마시는 사람들〉과도 아주 잘 어울렸다. 그래서 그는 부인과 함께 막 이사 온 방 두 칸짜리 아파트의 조그만 식당에 두 그림을 나란히 걸어놓았다.

그후 몇 년이 흘렀지만 헤르만 라프케는 그림 컬렉션을 거의 늘리지 못했다. 1875년이 될 때까지 그가 모은 그림은 스물세 점에 불과했다. 그러나 그즈음에는 오랫동안 간직해온 자신의 열정을 충족시킬 수 있는 시간과 자금을 확보해놓고 있었다.

자서전의 마지막 60여 페이지는 미술품 수집의 관점에서 볼 때 대단히 흥미롭고 신선한 내용을 담고 있었다. 그것은 1875년에서 1909년 사이에 이루어진 열한 번의 유럽 여행에 대한 간결하면서도 상세한 보고서 형태의 글이었다. 양조업자 라프케의 여행 일정과 시간표를 페이지에 따라 길게 나열한 이 메모 형식의 문서는 사실 글쓰기에 대한 고민 없이 쓰여졌기 때문에 지루한 독서로 이어지기 십상이었다. 아틀리에와 갤러리 방문, 전문가 상담, 그림 중개인과의 만남, 예술가나 그림 상인과의 점심식사, 수집가, 복원미술가, 액자제조인, 발송계원, 은행가와의 약속 등이 끝없이 열거되어 있었다. 하지만 라프케의 두 아들은 아버지의 여행 일정과 메모가 적힌 이 문서를 통째로 출판하는 것이 좋겠다고 판단했다. 또한 거기에 기차 시간표와 일일 회계기록, 예를 들면 면도날 구입이나 '두세' 양복점에서 구매한 흰 삼베 셔츠 열두 벌의 목록에 대한 언급 등을 추가로 포함시켰다. 한편 이런 세세한 것과는 대조적으로 두 아들은 아버지가 남긴 기록에 단지 몇몇 해설을 덧붙이는 것으로 자신들의 역할을 한정지었다. 그들의 해설은 이동 경로, 그림 구입, 짤막한 현지 인상 등이 적혀 있는 아버지의 편지 내용과 아버지가 여행에서 돌아온 뒤 함께 나누었던 대화를 기초로 작성되었다.

헤르만 라프케는 현명하게도 자신이 현대 회화건 고전 회화건 회화 자체에 대해 별로 아는 것이 없다는 사실을 받아들이고 이해했다. 자신의 개인적 취향을 따랐다면 틀림없이 역사적 사건을 다룬 대형 그림이나 마음의 평안을 주는 일화를 담은 그림만을 사 모았을 것이다. 그러나 그는 적어도 톰

킨스 가문이나 딜만 가문이 깜짝 놀랄 정도의 컬렉션을 만들겠다는 목표하에 자신의 개인적 취향을 멀리했다. 그리고 전문가의 자문을 받기로 결심했다. 실제로 그가 유럽에서 수집한 250여 점의 그림 중에서 그의 비밀스러운 취향에 부합하는 것은 단지 20여 점뿐이었다. 그는 그 그림들을 그의 '리플링스퀸데,'[8] 다시 말해 '귀여운 죄'라고 불렀다.* 나머지 그림들은 모두 자문가들의 중개를 통해 사들였다. 1875년 라프케는 'S. S. 카이저 빌헬름더 그로스'라는 배를 타고 고국을 떠난 후 처음으로 다시 대서양을 건너는 도정에서 아내에게 다음과 같은 편지를 보냈다. "가장 저명한 비평가들과 가장 꼼

* 이 20여 점의 그림 중 특히 일곱 점이 라프케의 마음에 들었으므로, 그는 〈미술애호가의 방〉 안에 그것들을 넣으라고 퀴르츠에게 지시했다. 그 그림들은 다음과 같다. 구성이 웅장하고 유화용 암갈색 물감을 과도하게 이겨 바른 것이 특징인 쥘리앙 블레비의 〈콘치니 암살 사건〉, 스스로를 "포스트 라파엘로" 세대 화가라고 규정했던 기욤 로레의 〈황금 깃발의 야영지〉, 수정궁의 흡연실 실내 장식으로 유명한 헨리 실버스푼의 〈하녀의 죽음〉, 덴마크 화가 돌크니프 슐람페레르의 〈노르웨이의 경작지〉(화가는 필록테트호號의 난파 당시 실종된 한 선원의 아들로 라프케는 그의 아버지를 기려 그에게 생활비를 제공했다), 쿠튀르의 제자이자 퓌비 드 샤반의 친구였던 화가 카미유 블랭라벨이 거인 말라간트의 성에 포로로 붙잡힌 기네비어를 구하기 위해 이륜마차를 타고 야간 잠입을 시도하는 기사를 차가운 느낌으로 묘사한 거대한 그림 〈란슬롯〉, 슈투트가르트 아카데미 출신으로 샤를 하베를린의 별 볼일 없는 제자였던 티롤 지방의 화가 호르덴딜 라우텐마허의 〈가면 쓴 왕자〉, 해도, 허드슨, 더글러스 경, 미셸 크로의 끔찍한 추락과 에드워드 휨퍼 및 타우그발더 형제의 기적적인 생존을 멜로드라마적 리얼리즘으로 다룬 스위스 화가 구스타프 포이어슈탈의 〈최초의 마터호른 등정〉.

꼼한 전문가들, 가장 신중한 예술사학자들이 내 컬렉션의 책
임자이자 보증인이 될 것이오. 그리고 그들 덕분에 내 컬렉
션은 미국의 모든 주를 통틀어 가장 아름다운 컬렉션 중 하나
가 될 것이오." 그가 자문가들 말을 맹목적으로 따른 것은 옳
은 선택으로 보인다. 가령 1895년 9월 17일 사레진 궁전에서
열린 '비아넬로 경매'에서 그는 그로지아노의 〈세례 요한〉을
입찰하기 위해 2만 프랑*까지 부르다가 경쟁자에게 포기하
고 넘겨준 적이 있었다. 그날 그와 함께 있었던 쾰른의 발라
프리하르츠 미술관 관장 알덴호벤 교수가 그로지아노라는
화가의 작품을 소유한 미국 수집가는 아무도 없다고 충고했
기 때문이다. 알덴호벤 교수가 충고를 넘어 간청하기에 이르
자 그는 그림을 포기하고 말았다.

　이처럼 서른 명가량의 자문가들이 헤르만 라프케의 선
택을 이끌었는데, 그중 가장 유명한 이들은 말할 것도 없이
다음의 몇 사람이다. 당시 『이탈리아 미술사』라는 기념비적
저서를 준비하고 있었고 양조업자 라프케를 따라 토리노와
밀라노에 세 번이나 다녀왔던 고틀리브 헤링스도르프, 피렌
체 미술관의 관장 에밀리오 자노니, 베를린의 화상畵商 부싱,
또 카라슈에 관한 평전을 통해 루도비코가 맡았던 결정적 역

* 당시 이탈리아는 라틴유럽 연합에 속해 있었고 '프랑'은 이탈리아에서 법적으로
통용되었다.

8. Lieblingssünde: '즐겨찾기 죄'라는 뜻의 독일어.

할을 처음으로 밝혀낸 바 있는 미국의 미술비평가 토머스 그린백. 그밖에도 맥스필드 패리쉬, 프란츠 잉게할트, 앨버트 아른클레 같은 이들은 당시 젊은 교수들이었고 수년이 흐른 뒤에야 그들의 실력을 입증받았다. 또다른 이들은 단지 명민한 미술애호가라고 부르는 것이 적절해 보이는데, 물론 그들도 훗날 유명세를 얻지만 그것은 결코 미술비평과 관련된 것이 아니었다. 꼽아보자면, 은행가가 되기 훨씬 전에 라프케와 함께 바비에르로 여행을 떠난 적이 있는 알프레드 블루멘슈티히, 베른에 있는 미국 대사관의 일등서기관이었던 로런스 잉글레스비, 당시까지만 해도 성공한 소설가가 아니었지만 1880년대가 되어 유명세를 타는 테오도르 폰타네 등. 아울러 젊은 건축가 조슈아 이웨트는 즈베비의 산타 마리아 성당 복원사업을 위해 일하던 당시 베네치아를 여행하던 라프케와 친분을 맺게 되는데, 훗날 그는 회고록에서 양조업자 라프케와 함께 지중해 전역을 도는 여객선을 타고 여행하는 동안 수년 후 그에게 막대한 부를 안겨다줄 호텔체인 사업의 프로젝트를 구상할 수 있었다고 서술했다.

여하튼 라프케의 자문가들은 대부분 독일인이나 미국인이었다. 그것은 어쩌면 외국인을 싫어하거나 국수주의적인 그의 개인 성향 때문일 수 있으나, 그보다는 언어 문제 때문일 거라는 추측이 더 그럴 듯하다. 실제로 자문가들 중 몇몇

은 영국인이었고(그중 존 스파크스는 덜위치 칼리지의 뛰어
난 회화 컬렉션 카탈로그를 작성한 인물이다), 세 명은 스위
스인이었으며(베른의 화가 렌가커, 취리히의 화상 안톤 판,
그리고 니체의 친구이자 예술사학자인 야코프 부르크하르
트와의 먼 사촌관계 때문에 늘 혼동할 위험이 있는 발레의
미술관 관장 라인하르트 부르크하르트), 이탈리아인 두 명
(자노니와 잡지 『베파나』의 편집장 프란코 베글리오니), 네
덜란드인 한 명(암스테르담 국립미술관의 판화실 책임자 에
른스트 모에스), 프랑스인 한 명(당시 엑스 대학의 강사였고
훗날 '라 플라넬'이라는 별명으로 대단한 평가와 인기를 누
리는 코미디 배우가 된 앙리 퐁티에. 참고로 오늘날 적지 않
은 반론이 있긴 하지만 상송의 마지막 부분을 "타가다 추앵
추앵"이라는 후렴구로 끝내는 관습은 바로 그에게서 비롯된
것이라고 전해진다)이 포함되어 있었다.

    어쨌든 분명한 한 가지는 헤르만 라프케가 이들의 조언
에 대부분 만족해했다는 사실이다. 그가 전문가들의 조언에
불만을 표한 것은 극히 예외적인 일이었다. 물론 1904년 9월
4일 파리에서 큰아들 미카엘에게 보낸 그의 편지에서는 일
종의 불만이 드러났다. 당시 그는 제러미 우드워드라는 미국
관 담당 책임자의 초청에 응해 파리 만국박람회를 구경하러
그곳에 와 있었다. 그는 부싱이 구매를 강권했던 현대회화

두 점(보나르의 〈아베롱 거리〉와 르누아르의 〈담배 파는 여상인〉)을 2만 5,000프랑에 사들인 것은 잘못된 결정이었다고 자평했다. 그는 편지에 다음과 같이 썼다. "내가 이 그림들을 별로 평가하지 않는 것은 그것들이 추해서가 아니다. 삼분의 일도 되지 않는 가격에 그것들을 살 수 있었다고 확신하기 때문이지. 올해 파리에서 그림값이 좀 지나치게 오른 걸 감안한다 해도 말이다." 그리고 1904년 뮌헨에서 조카 홈베르트에게 부친 또다른 편지에서는, 블루멘슈티히의 조언을 듣고 일주일 전에 사들였던 멘첼의 그림 세 점(〈장크트벤델 기차역〉, 〈키싱겐 근처의 건널목〉, 〈화가의 아틀리에〉)을 되팔려고 내놓았다며 불만을 토로했다. 조카 홈베르트는 라프케가 피츠버그에 있는 자신의 컬렉션 관리를 위임했던 인물이다. 그러나 이런 불만은 라프케와 자문가들 간 의견이 일치하지 않은 몇몇 사례에 지나지 않는다. 대부분의 경우 양조업자 라프케는 조언자들이 구매를 권하기보다 억제하도록 애써야 할 정도로 대단한 신뢰를 갖고 그림을 구매했다. 예를 들어 자노니는 1888년 로마에서 열린 대규모 '바라티니 컬렉션 경매'를 바로 앞두고 라프케가 성급하고 과도한 흥분을 억제하고 평정을 유지할 수 있도록 다음과 같은 장문의 편지를 보내기도 했다.(여기 전문을 싣는다.)

여러 사람들이 이번 경매가 발굴한 새로운 화제작
이라고 떠들어대는 작품들을 가까이서 살펴볼 기회
가 있었습니다. 하지만 저는 카탈로그만 읽어봐도
이러한 소문에 대해 정당한 의혹이 생긴다는 점을
말씀드리고자 합니다. 도나이올로의 〈바르베리니
수사의 초상화〉는 보존상태가 매우 열악한 편입니
다. 게다가 이 화가는 결코 사람들의 주목을 받을 만
한 화가가 아닙니다. 그가 색조 사용에 뛰어나다는
찬사는 이미 20여 년 전부터 그를 짓누르기만 했습
니다. 또한 벨라 감바의 그림 두 점도 실망스럽기는
마찬가지입니다. 우선 〈목동들의 경배〉는 나름의
뛰어난 장점을 지녔지만, 인물들의 배치는 페뤼갱
의 기법을 평이하게 모방한 것이고 빛의 조절도 매
우 밋밋하게 이루어졌습니다. 그리고 〈사도 바울의
개종改宗〉은 카노키알리가 그에게 부여한 명성을 퇴
색하게 만든다고 생각합니다. 이 그림은 바오로 대
성당의 화재에서 구조된 후 그야말로 대충 복원되
었으며, 단지 벨라 감바라는 이름만 달고 있을 뿐 그
외에 어떤 장점도 없는 그림입니다. 아, 그리고 하나
더 있습니다. 〈옴팔레의 발치에 있는 헤라클레스〉
의 경우, 크리스토파노의 그림이 아니라 그의 아들

도메니코의 그림이라고 확신합니다. 경매 관계자들은 이 그림이 사람들을 끌어들일 중요한 작품인 것처럼 소개하고 있지만, 제가 보기엔 아틀리에용 습작그림 수준입니다. 경매에서 3,000프랑 이상의 가격이 매겨질 테지만, 저라면 600프랑 이상은 주지 않을 겁니다. 그러니 이번 경매에 어느 정도 거리를 두시기 바라며, 제 눈에는 분명 보잘것없는 작품들을 달리 보이게 만드는 유명 화가들의 서명에 현혹되지 마시기 바랍니다. 반대로, 단언할 수는 없지만 확실한 가치가 있어 보이는 다음 세 작품에 대해서는 각별히 관심을 가져주시기 바랍니다. 이 그림들에는 거의 알려지지 않은 화가들의 서명이 새겨져 있지만, 그들의 명성은 이미 확고하게 자리를 잡아가고 있으며 그림의 가격은 지속적으로 상승할 겁니다. 차분하게 생각해보시길 바랍니다.

첫번째 그림은 카탈로그 37번 작품으로, 아리고 마테이의 〈잠자는 음악가들〉이라는 그림입니다. 마테이는 크레스피의 가장 우수한 제자 중 한 사람이며, 그의 명암대조기법은 스승에 비해 조금도 부족함이 없습니다.(하지만 〈주사위놀이 하는 사람들〉[37-2번 작품]은 경계하십시오. 저는 여러 이유

를 근거로, 사람들이 마테이를 이 작품의 작가로 지
나치게 내세운다고 보고 있습니다. 이는 앞으로 공
공경매에서 일어난 고전적 사기극의 한 사례가 될
것입니다. 화가의 상속인들은 두 작품의 크기가 같
고 액자까지 같다는 구실로 그 둘이 한 쌍을 이룬다
는 사실을 믿게 하려고 안간힘을 쓰고 있습니다. 그
들은 두 작품을 한꺼번에 묶어 팔려고 할 것입니다.
그러나 그 술수에 넘어갈 이유는 전혀 없습니다.)

　선생님께 추천하는 두번째 작품은 카탈로그
52번 그림입니다. 오토 레더가 그린 〈트로이 약탈〉
인데, 풀칠한 화포에 그린 유화입니다. 이 작품은 본
래 리스본 오페라극장에서 열리는 라케의 〈아이네
이아스〉 서막을 위한 무대배경으로 계획했던 그림
입니다. 1755년 레더가 대지진으로 사망했을 당시,
리스본 오페라극장의 무대미술가로 막 임명되었던
사실을 알고 계실 겁니다. 그의 제자인 모라에스살
가도는 이 작품을 매우 세심하게 복원했습니다. 선
생님께서 반 덴 에크하우트의 그림을 포함해 화재
를 주제로 한 그림을 이미 몇 점 보유하고 있다는
걸 알지만, 이 작품 또한 커다란 만족을 주리라 확
신합니다.

세번째 그림은 카탈로그 78번 작품으로 선생님의 동향 사람 두 명과 관계되기 때문에 특히 관심을 끌었을 겁니다. 이 그림은 페터 폰 코르넬리우스가 1806년에 그린 〈빌헬름 폰 훔볼트의 초상화〉입니다.[9] 당시 코르넬리우스는 로마에서 바라티니 궁전의 장식 일을 하고 있었고 훔볼트는 프로이센 공사직을 맡고 있었습니다. 저는 코르넬리우스의 신고전주의가 '허울'뿐이라 생각했는데, 이 초상화가 훌륭하다는 것은 인정하지 않을 수 없습니다. 게다가 이 그림이 세상에 알려진 그의 유일한 초상화라는 사실을 말씀드립니다. 저는 어제 슈반즐레벤이 개최한 파티에 참석해 슈트루델호프라는 사람을 알게 됐는데, 선생님은 아마도 그의 경쟁자가 될 겁니다. 대사관으로 그 그림을 되찾아오는 의무를 맡은 모양이니까요. 그러나 그는 분명 1,500달러나 2,000달러 이상은 부르지 않을 것이고, 따라서 이 그림은 선생님의 컬렉션 중 하나가 될 수 있을 겁니다. 이 그림은 제가 오 년 전 구매하도록 조언했던 바사노의 작품과 또 예전에 가장무도회에서 그 어리석은 바보가 선생님께 팔았던 어린 공주 그림과 놀라울 정도로 잘 어울릴 겁니다.

라프케는 자노니의 지시를 하나하나 정확하게 따랐다. 그는 마테이의 작품 두 점을 따로따로 경매에 붙이도록 요구했고 경매에서 모두 이겼다. 또한 그는 다른 구매자들이 각각 20만 프랑이 넘는 기드의 작품, 도나이올로의 작품, 벨라 감바의 두 작품에 열을 올리도록 내버려두었고, 대신 10만 프랑도 되지 않는 가격에 다른 세 개의 그림을 얻어냈다. 이 그림들은 그의 컬렉션 중 '가장 아름다운 백 개의 작품들'에 속하는 것으로, 하인리히 퀴르츠의 〈어느 미술애호가의 방〉에도 등장한다. 라프케는 자서전의 마지막 부분에 '가장 아름다운 백 개의 작품들' 목록을 전부 수록했는데 각 그림마다 구입 날짜와 구입 상황, 그리고 이따금 구입 가격까지도 정확하게 밝혀놓았다. 여기서는 목록 맨 상단에 기록된 그림들, 그가 다음과 같이 묘사한 그림들만 잠시 인용해본다. "이 그림들은 독일에서 태어나 미국인의 심장을 갖고 있는 내가 그간 수집한 작품들 중에서도 가장 자랑스럽게 여기는 열다섯 개의 보석들이다."

네덜란드 유파: 〈항만지도〉 또는 〈쿠이퍼의 초상화〉라고도 불리는 〈젊은 여인의 초상화〉. 이 그림은 오랫동안 벨기에 미술사학자인 에밀 쿠이퍼의 수집품 중 하나였다. 일반적으로 델프트의 카럴 파브리티위스의 작품이라고 알려져 있다. 1896년 3월 베를린의 상인 아돌프 키제리츠키에게서 구입.

9. 사실 코르넬리우스는 1811년에야 로마에 갔다. 따라서 1806년이라는 제작연도는 페렉의 착각이거나 의도적인 '거짓 지식fausse érudition'으로 보인다.

한스 홀바인 2세: 〈상인 마르틴 바움가르텐의 초상화〉. 16세기 초 바움가르텐은 이집트, 아라비아, 시리아를 떠돌아다닌 후 쾰른에 정착해 임슈텐라에트 형제의 회계를 담당했다. 1529년에서 1536년 사이에는 런던의 슈탈호프에 있는 두 형제의 해외지점을 운영했다. 홀바인이 런던에 도착한 바로 그해(1532년)에 제작된 이 작품은 그가 영국에서 그린 최초의 초상화 중 하나이다. 1909년 런던에서 구입.

플랑드르 유파: 〈티르의 포위공격〉. 불타는 도시의 톱니 모양으로 총안銃眼이 난 성벽 앞에서 사람들 수백 명이 대포를 올려놓는 거대한 장치를 끌어당기고 있다. 이 장치에는 좁다란 기둥이 부착되어 있고, 각 기둥에는 투석기를 비롯한 각종 전쟁 기구와 궁수弓手들이 매달려 있다. 강렬한 불꽃이 하늘을 가로지르고 수평선은 엄청난 화염으로 붉게 물들어 있다. 1901년 장크트갈렌에서 구입.(경매 상황이 확실치는 않음)

가스파르 텐 브룩: 〈피카르디 풍경〉. 1875년 릴 거리에 있는 골동품점에서 구입.

이탈리아 유파: 〈어느 기사의 초상화〉. 혹은 〈목욕하는 기사〉라고도 불림. 1896년 10월 베네치아의 파덴겔브 백작에

게서 구입. 이 그림은 19세기 초 토리노의 소스테뇨 일가 소유였는데 베를린의 수집가 레데른에게 팔린 후 다시 리히노브스키 왕자에게 팔렸다가, 왕자가 죽은 후 파덴겔브 백작에게 상속되었다. 그림 속 기사는 어느 샘 앞에서 목욕 준비를 하며 옷을 벗은 채 등을 보이고 있는데, 그의 완벽한 나체 전면이 샘물에 비친다. 또 그림 오른편에는 광채 나는 강철 갑옷이 고목 기둥에 걸쳐져 있고 기사의 오른쪽 얼굴이 그 갑옷에 비추어 자세히 나타난다. 한편, 반대편에서는 펄럭이는 긴 흰색 드레스를 입은 한 여성이 크고 둥근 방패를 기사에게 내밀고 있는데 이 방패에는 그의 왼쪽 얼굴이 비친다. 하지만 방패 모양이 볼록하고 광택이 있어서 그의 모습이 살짝 찌그러져 보인다. 이 작품의 작가에 대한 논쟁은 여전히 진행중이며, 작품의 형식적 완결성은 견디기 어려울 정도의 차분한 느낌을 자아낸다. 사람들은 이 작품을 브레시아 유파의 지롤라모 로마니노나 모레토 다 브레시아 혹은 지롤라모 사볼도 일 브레시아노의 작품으로 간주한다. 그러나 어떤 비평가들은 페라라의 어느 화가 작품일 확률이 크다고 주장하기도 한다.

이탈리아 유파: 〈바위산에 나타난 성모영보聖母領報〉. 깎아지른 듯 거친 바위산 풍경이 보이고 그 중앙에 성모 마리아가

무릎 위에 책을 펼쳐놓은 채 앉아 있는 동굴이 보인다. 흰 백합꽃을 손에 든 성모 마리아는 조금 떨어진 곳에서 절을 하고 있는 가브리엘 대천사를 보지 못한 것 같다. 먼 곳에서 사냥꾼과 사냥개 무리가 사슴 한 마리를 쫓고 있다. 함부르크의 하이데킹 박사 소장품이었는데 1891년 포도주 도매상 제임스 티나펠의 주선으로 2,000마르크에 구입.

샤르댕: 〈점심 준비〉. 돌로 된 테두리에 'J. S. Chardin 17(32?)'라는 서명과 날짜가 표시되어 있음. 1881년 5월 9일 뵈르농빌 경매에서 6,500프랑에 구입. 뵈르농빌 남작은 로랑 라페를리에르에게서 이 작품을 얻어 〈장밋빛 식사〉라는 제목을 붙였는데, 그 이유는 그림에 나타난 모든 음식이 장밋빛 색조를 띠었기 때문이다.(연어, 페슈 드 비뉴, 햄 등)

헤르브란트 반 덴 에크하우트: 〈폐허가 된 트로이를 떠나는 아이네이아스〉. 같은 주제의 대형 작품이 뮌헨에도 있다. 뮌헨의 작품과 비교해볼 때 좀더 작은 공간(80×50cm)에 그려진 이 작품은 인물보다 화재를 묘사하는 데 더 중점을 두고 있다. 화재로 인해 불타는 듯한 강렬한 황혼빛 아래 연기 자욱한 트로이의 폐허가 나타난다. 폐허의 한가운데에 배가 갈린 트로이의 목마가 전설 속 괴물 같은 모습으로 서 있다. 트로이를 벗어나고 있는 아이네이아스와 그의 아버지 안키세스의 희미한 윤곽이 멀리 보인다.(작품의 입수 경로는 명시되어 있지 않음)

루카스 크라나흐: 〈야코프 치글러의 초상화〉. 스트라스부르의 '춤 잔거하우스'라는 술집의 지하실에서 발견된 이 작품은 제롬 아드리앵 교수가 검토하고 공증했다. 화가가 치글러를 만난 것은 비텐베르크에서였다. 치글러는 스트라스부르에 가기 전에 루터를 보러 비텐베르크에 왔었고, 1532년 그곳에서 고지도 〈세계의 무대Theatrum Orbis Terrarum〉를 제작했다. 1901년 취리히의 안톤 판에게서 구입.

네덜란드 유파: 〈편지 읽는 처녀〉. 1904년 브뤼셀에서 슈탈라에르트라는 역사화가의 미망인에게 구입. 이 작은 그림은 빛을 다루는 방식이 흥미롭다. 그림에서 빛은 젊은 여인이 서 있는 방의 살짝 열린 좁고 높은 창문을 통해 안으로 들어온다. 슈탈라에르트는 이것을 메취의 초기 작품이라고 추정했으나 이를 받아들이기에는 자료가 부족하다.

피사넬로 유파(?): 〈에스테 가문 공주의 초상화〉. 1877년 밀라노의 한 전당포에서 베글리오니가 발견했으며, 당시 그는 그림의 기원을 정확히 밝히는 것이 불가능하리라고 단언했다. 얼마 후 베글리오니는 토지아 자작에게 그림을 보여주었는데, 토지아 자작은 그 그림이 베로나의 베르나스코니라는 의사가 팔 년 전에 도둑맞은 그림 중 하나라는 사실을 밝혀냈다.(베르나스코니 의사의 수많은 소장품은 얼마 안 있어 베로나 시 미술관의 기반을 이루게 된다.) 베르나스코니는 이 그림을 피사넬로가 그린 진품으로 간주했지만, 토지아 자작은 문제의 공주(곤자가의 에이메리 영주의 장래 배우자인 로레다나 데스테)가 화가 피사넬로의 사망 당시 세 살도 채 되지 않았기 때문에 그 그림이 진품일 수 없다는 사실을 입증했다.

이탈리아 유파: 〈성모 방문화〉. 미국에서 구매한 보기 드문 유럽 미술품 중 하나다.(1900년 2월, 보스턴의 셔우드 경매) 이 그림은 미국에서 '파리스 보르도네의 작품'으로 소개되었다. 그후 토머스 그린백이 그림을 감정했는데, 그는 그림 속 하인들이 입은 제복이 앙부아즈 추기경 군대의 것이라고 지적했다. 그러므로 그림을 그린 화가는 쇼몽 당부와즈가 자신의 가이용 성(안타깝게도 1793년에 파괴됨) 예배당을 장식하기 위해 프랑스로 부른 안드레아 솔라리오일 수밖에 없다고 주장했다.

레안드로 바사노: 〈어느 대사의 초상화〉. 그림 속 대사는 베네치아 공국의 전권대사 자격으로 페르시아의 압바스 1세 대제와 스웨덴의 구스타프 아돌프 2세 왕에게 파견되었던 안젤로 다 캄파리다. 1883년 로마에서 대사의 마지막 후손이자 시인인 잔바티스타 도가니에리에게서 4,000프랑에 구입.

얀 페르메이르 반 델프트: 〈훔친 지폐〉. 러스킨이 기술한 이후 유명해진 이 작품은 무엇보다도 화가의 재발견에 크게 기여했다. 1875년 런던의 상인 윌리엄 젠슨에게 이 작품을 30기니에 구입했는데, 젠슨은 "베르헴의 제자인 하를렘의 반 데르 메이르의 작품"이라고 소개했었다. 이 작품은 그전까지 고고학자 사이먼 프리휴드의 컬렉션에 속해 있었다.

드가: 〈무용수들〉. 1896년 1월 화가에게 6만 프랑에 구입. 화가와 미술애호가 라프케의 만남은 파리 주재 미국 총영사 고디의 주선으로 이루어졌다. 고디 부인과 라프케는 오전 11시경 빅토르마세 거리 37번지에 도착해 아틀리에를 방문한 후 드가와 함께 콜체스터산* 굴을 먹으러 메종도레 식당에 갔다.

두번째 책은 1923년에 베닝턴 대학 출판사에서 출간되었다. 책 제목은 『미국의 예술가 하인리히 퀴르츠, 1884~1914』로,

하인리히 퀴르츠의 작품에 관한 박사학위 논문을 책으로 출판한 것이다. 책의 저자는 다름 아닌 레스터 노박이었다. 노박은 『오하이오 예술학교 학술지』에 게재할 논문을 쓰던 중 퀴르츠와 알게 되었고 두 사람은 곧 친구가 되었다. 그런데 화가 퀴르츠가 갑자기 실종(그는 1914년 8월 12일 롱아일랜드에서 일어난 철도 사고의 희생자 스물세 명 중 한 사람이었다)된 후, 그의 누이는 노박에게 퀴르츠의 아틀리에에서 발견한 수많은 메모와 스케치, 초안, 습작 등을 정리하는 일을 도와달라고 부탁했다. 그리고 해설을 동반한 카탈로그를 작성해달라고 부탁했다. 요컨대 주목할 만한 비평적 자료가 포함된 이 카탈로그가 바로 노박의 박사논문의 핵심을 이룬다. 책의 짧은 서문에서 저자 노박이 미리 설명하듯, 그는 "모든 미학적 논리의 판단을 배제한 채 짧은 존재 기간에도 불구하고 독창적이고 모범적인 무언가를 보여주었던 한 그림과 관련해 오로지 그 기술적인 문제만 살펴보고자" 했다.

사실 하인리히 퀴르츠의 창작 활동을 멈추게 한 것은 그의 죽음이 아니었다. 그는 1912년 말 무렵에 이미 그림 그리는 것을 그만두었다. 헤르만 라프케가 부탁했던 〈어느 미술애호가의 방〉을 완성한 직후다. 그가 이 작품을 완성하기까지는 대략 삼 년 반이 걸렸다. 그가 남긴 작품은 여섯 점의 회화가 전부인데, 1901년 7월 워터밀에서 휴가를 보내며 그린

〈바닷가 풍경화〉 두 점, 피츠버그 대극장에 걸려 있는 〈「사랑을 가지고 장난하지 않는다」에서 카미유 역을 연기했던 파니 벤담 양의 초상화〉, 미완성으로 남아 있는 〈왜상歪像효과가 나타난 자화상〉, 말을 탄 채 근사한 열차가 지나가는 것을 바라보고 있는 인디언들을 그린 풍속화 〈센트럴퍼시픽〉 한 점, 그리고 〈어느 미술애호가의 방〉이다. 그러나 바로 이 마지막 작품 하나를 위해 퀴르츠는 자그마치 1,397개의 다양한 데생과 초안과 크로키를 그렸고, 레스터 노박은 그 방대한 자료를 분석하기 위해 거의 300여 페이지를 할애해야 했다.

물론 노박은 이 그림의 원본을 다시 볼 수 없었다. 그림이 소유자와 함께 영원히 매장되었기 때문이다. 그가 제시한 그림의 유일한 복제본은 그림이 전시되었던 방의 경비원 중 한 사람이 몰래 찍어둔 볼품없는 사진을 기초로 만든 것이었다. 하지만 그림 속에 등장하는 모델, 이젤, 개의 위치와 주요 그림들 및 '그림 속 그림'의 장소를 체계적으로 지시해놓은 퀴르츠의 여러 스케치를 출간하면서 노박은 원작을 거의 완벽하게 재구성할 수 있었다. 동시에 퀴르츠의 스케치들은 원작의 탄생이 얼마나 어려웠는지 분명하게 보여주었다. 다양한 요소의 배치와 반사효과 및 상호작용이 모두 집요한 정신적 작업 끝에 비로소 떠오른 것이라는 사실 또한 명백하게 알려주었다. 가령 처음 몇몇 크로키에 나타난 미술애호가의 방은 '이탈리아 진실주의'[10]에 근접한 방식으로 만들어졌다. 거대한 방의 여러 문과 창문은 화분으로 장식된 테라스를 향해 열려 있었고, 방 안에는 베네치아산 유리로 된 커다란 샹들리에, 몇몇 가구, 다양한 소품과 진기한 물건(소라고둥으로 만든 술잔, 혼천의渾天儀, 티오르바, 만도라, 짚으로 만든 앵무새)이 놓인 진열장, 그리고 열 명 남짓한 사람이 배치되어 있었다. 그림은 몇 점에 지나지 않았다. 요컨대 숱한 스케치를 거치고 나서야 비로소 사람이 사라지고 빽빽한 그림으로 가득 찬 좀더 작은 규모의 방이, 결국에는 그림과 그림의 주인 및 그림의 그림자만이 남아 있는 방의 모습이 나타나게 된 것이다.

　(그런데 애초에 라프케는 퀴르츠에게 가족과 함께 있는 자신의 모습을 그려달라고 부탁했었다. 부인과 다섯 아들, 세 며느리, 딸, 사위, 일곱 명의 손자 및 조카 홈베르트(라프케는 자기 동생이 죽자 홈베르트를 양자로 입양했다)를 포함한 가족. 하지만 퀴르츠는 작품 속 그림들의 컬렉션 맞은편에 단 한 사람만을 앉히고자 했고, 대신 양조업자 라프케의 소망을 존중하는 차원에서 컬렉션 안에 포함된 일부 초상화의 모작을 라프케 가족의 초상화로 변형시키는 계획을 세웠다. 그렇게 해서 라프케 부인은 상당히 이상화된 모습으로 루드비히 슈타인브루크의 〈클라라 슈만의 초상화〉 속 인물

을 대신하게 되었고, 다섯 아들과 사위는 라프케가 1904년 브뤼셀의 '리브르 에스테티크' 전시회에서 앨버트 아른클레의 강력한 권유에 따라 구매한 제임스 엔소르의 〈가면 쓴 사람들의 초상화〉(람보테 컬렉션의 초상화와 상당히 유사한 영감을 보여주고 있는) 모작에 모습을 드러냈다.(큰아들은 검고 근사한 수염을 기르고 있고, 태어날 때부터 애꾸인 막내아들은 한쪽 눈에 검은색 눈가리개를 하고 있다.) 양조업자의 유일한 딸인 안나는 파브리티위스의 〈항만지도의 젊은 여인〉 모작 속에 등장하고, 세 며느리는 16세기 익명의 이탈리아 화가가 그린 〈세 명의 파르카 여신〉에 나타나며, 일곱 명의 손자는 부셰가 그린 〈수수께끼〉에 등장한다. 끝으로 래리 깁슨(미국 유파)이 그린 강인한 모습의 〈메피스토펠레스〉는 평온한 얼굴의 훔베르트 라프케로 바뀌었는데, 둥근 철테 안경 너머로 보이는 그의 작은 두 눈은 즐거운 듯 눈웃음으로 주름져 있다.)

그러나 노박의 박사논문의 주된 관심사는 거기에 있지 않았다. 처음으로 퀴르츠의 습작용 데생과 라프케 컬렉션의 오리지널 작품(라프케의 상속인들이 예외적으로 복제 인쇄를 허락한)을 한 지면에 나란히 실어 출판하면서, 노박은 그 옛날 전시회 방문객들의 호기심을 그토록 자극했던 그 작은 '차이'들의 수수께끼를 밝혀냈다.

10. Verismo: 1880년경부터 20세기 초까지 이탈리아에서 유행했던 문학 사조. 프랑스의 사실주의 및 자연주의의 영향을 받아 조반니 베르가와 L. 카푸아나 등이 발전시켰다. 객관적 글쓰기를 지향했고, 정교한 풍경 묘사와 현실적인 대화체 사용 등을 추구했으며, 당대 서민의 삶을 묘사하는 것을 주된 목표로 삼았다.

십 년 전 내가 이 작품을 처음 접했을 때 제기한 것과
달리 이 미세한 차이들은 매력적이지만 자기논리에
갇힌 어떤 생각을 재구성하기 위해 시도된 조소적
작업이라고 보기 어렵다. 즉 돈벌이를 위해 복제를
해야 하는 세상에 맞서 "예술가의 자유"를 표현하려
는 의도와 무관하며, "황금기"인지 "실낙원"인지 확
실히 알 수 없는 어떤 불가능한 유산을 화가에게 강
요하는 역사비평적 관점과도 연관이 없어 보인다.
그와 반대로, 이 차이들은 특정한 통합과정 혹은 소
유과정을 지시한다. 말하자면 '타자'를 향한 투사나
프로메테우스적 의미에서의 '도둑질'을 가리킨다.
미학적이라기보다는 심리적인 이런 작업은 물론 자
신의 한계에 대해 충분히 인지하고 있다. 경우에 따
라 스스로에 대한 조롱이 될 수도 있고, 단지 눈속
임만 생산해내는 단순한 시선의 과장이나 착시효과
로 규정될 수도 있는 한계를 분명히 인식하고 있는
것이다. 그러나 우리는 바로 그 지점에서 화가의 작
업을 분명하게 정의하는 순수한 정신적 체계의 논
리적 종결과 조우하게 된다. 코레조의 "나도 화가다
Anch'io son' pittore"라는 말과 푸생의 "나는 바라보는 법
을 배운다J'apprends à regarder"라는 말 사이에, 모든 창조

행위의 좁은 영역이라 할 수 있는 위태로운 경계가
존재하는 것이다. 그 무너지기 쉬운 경계의 마지막
단계는 '침묵'일 수밖에 없다. 바로 퀴르츠가 작품을
완성한 뒤 스스로에게 부여했던 자발적이면서도 자
기 파괴적인 침묵.

이 이론은 라프케 컬렉션에 속한 그림들에 대한 매우 치밀한
고증 작업과 함께 제시되었다. 마치 노박은 하인리히 퀴르
츠의 〈어느 미술애호가의 방〉에서는 원작과 미세한 차이를
보이는 복제화 못지않게 '원작'도 중요한 역할을 수행한다
는 것을 납득시키고 싶은 것처럼 보였다. 그는 라프케가 죽
은 이후 컬렉션을 맡아 보관한 훔베르트 라프케의 호의로 양
조업자 라프케의 유럽 작품과 관련된 모든 자료를 얻어냈다.
또한 그는 놀라운 인내와 재능과 직감을 바탕으로 거의 모든
그림의 역사를 정확하게 재구성해냈으며, 대부분의 경우 작
품의 작가를 명확히 밝혀냈다. 예컨대 그는 안드레아 솔라리
오의 〈성모 방문화〉에 관한 그린백의 가설이 사실임을 입증
했고, 앙부아즈 추기경에서 제임스 셔우드에 이르는 모든 그
림 소유자 명단을 작성했다. 즉 캉브레 동맹이 형성되던 당
시 앙부아즈 추기경이 막시밀리앵에게 봉헌한 고보(고보는
곱추였던 그의 형 크리스토포로의 이름이었으나, 안드레아

솔라리오는 '델 고보'라는 별명으로 불렸다)의 〈성모 방문화〉는 한 세기 가까이 카를 5세와 필리프 2세의 컬렉션에 포함되어 있었고, 그후 필리프 2세는 경건왕 알베르트를 사위로 맞이하면서 이 작품을 사위에게 선물했다. 그 다음, 그림은 이자벨라 왕비의 궁녀이자 크루아 후작의 부인 주느비에브 뒤르페의 주선으로 아르쇼의 공작 샤를 드 크루아의 컬렉션에 들어가게 된다. 이 때문에 그림은 공작이 죽은 후 화가 살로몬 노블리에가 작성한 목록 안에 포함되었고, 다음과 같은 훌륭한 컬렉션의 경매행사 안내문에도 나타났다.

모두들 알고 계시다시피 고매하신 아르쇼 공작이 소유했던 화려한 물건들 중에는 다양한 색상을 자랑하는 회화작품 2,000여 점이 포함되어 있습니다. 이 작품들은 알브레히트 뒤러, 뤼카스 반 레이던, 얀 마뷔즈, 제롬 보슈, 플로뤼스 다이크, 롱그 피에르, 티티안 위르반, 앙드레 드 고브, 폴 베론 등 탁월한 대가들의 작품입니다. 또한 1만 8,000여 개의 메달과 수많은 수사본을 포함해 6,000권 정도 되는 책들이 꽂혀 있는 책장 세트가 있으며, 흰색과 금색으로 장식된 다수의 은제품, 크리스털 화병, 사문암蛇紋巖, 마노 공예품이 있고, 호박, 벽옥, 혈석血石과 그밖의

온갖 진기한 세공보석 및 태피스트리가 있습니다.
요컨대 어떤 군주도 이토록 세련된 물건들을 이보
다 더 많이 갖고 있지는 않을 것입니다. 고매하신 아
르쇼 공작의 상속인과 유언집행인의 요청에 따라
이 물건들에 대한 경매를 개최하고 가장 높은 가격
을 부르는 마지막 입찰자를 선정할 것입니다. 오는
7월 15일에 브뤼셀 시에서 열리는 본 경매는 물건
경매가 모두 끝날 때까지 여러 날 동안 진행될 예
정입니다.

실제로는 브뤼셀이 아니라 안트베르펜에서 열린 이 경
매에서 〈성모 방문화〉는 얀 빌던스라는 상인에게 팔렸다. 빌
던스는 화가 에라스무스 쿠엘린에게 이 그림에 대한 작은 모
사화 두 점을 그리게 했고, 하나는 런던으로 다른 하나는 비
엔나로 보냈다.(두 모사화 중 하나는 오늘날 트리에스테 근
처 미라마르 궁의 샤를로트 공주 소장품으로 남아 있다.) 그
러고 나서 원작은 프로방스 지방의회의 고문관이었던 부아
이에르 다르기유에게 60플로린[11]을 받고 양도했다. 그림의
매매는 부아이에르 다르기유가 자신이 수집한 그림들의 복
제판화를 제작하기 위해 엑스에 초청했던 콜만스의 중개로
이루어졌으며, 당시 콜만스가 그린 대표적인 복제판화 〈솔

11. 13세기 피렌체 금화를 모방한 금화로,
프랑스를 비롯한 유럽 여러 나라에서 오랫동안
통용되던 화폐.

라리오〉는 지금도 엑스 미술관의 판화실에 보관되어 있다. 여하튼 〈성모 방문화〉는 1790년까지 아르기유 성의 성당에 있었음을 확인할 수 있었다. 그런데 이 그림은 프랑스혁명 기간 동안 사라졌다가 1824년 몽쿠탕의 한 포도주 상인 집에서 샤를 모르파라는 로슈 지역 공증인에 의해 다시 발견된다. 모르파는 『앵드르에루아르 지방 학자연합회 회지』(1828, XVII호, 43쪽)에 이 그림을 매우 아름답게 묘사한 글을 싣지만 작가를 파리스 보르도네라고 잘못 소개한다. 그후 작품은 1851년 앙굴렘의 경매장에 다시 등장하는데(쿠아니에르 경매, 카탈로그 1번 작품: 〈성모 방문화〉, 이탈리아 유파, 16세기. 파리스 보르도네의 작품으로 추정), 앙굴렘 시의 한 골동품 상인이 200프랑에 구입한다. 이 골동품 상인은 1885년 미국으로 이 그림을 가져가 제임스 셔우드에게 판매한다.

노박의 논문은 또한 드베리아의 〈움마야드 회교사원〉과 지로데의 몇 점 안 되는 풍경화 중 하나라는 사실을 노박이 직접 확인했던 〈몽타르지의 루앵 강〉에 대해서도 대단히 상세하게 설명하고 있다. 그리고 완벽한 참고문헌에 근거해 들라크루아가 그림의 작가임을 추정해낸 〈아랍인 기수〉와 기묘한 느낌을 주는 〈가발의 내부〉(금빛 나무에 장식용 융단이

덮인 보베의 장중한 안락의자 옆에 조그만 원탁이 있고, 그 위에 검은색 깃털이 꽂혀 있는 삼각모와 머리 모양의 나무 받침대 위에 씌워진 풍성한 금발 가발이 나란히 놓여 있다)라는 작품에 대해서도 아주 자세하게 기술하고 있다. 노박은 특히 〈가발의 내부〉라는 작품이 루이 14세의 가발을 만들었던 비네가 1681년 화가 리고에게 주문했던 "증거물" 그림이라고 확신했으며, 바쇼몽이 쓴 것으로 추정되는 평범한 풍자시 역시 이 작품이 존재했다는 사실을 입증한다.

> 비네, 왕의 가발을 만드는 이
> 리고에게 증거를 만들어달라 하네
> 리고가 만족스러워하지 않는 건
> 그의 붓이 빗을 경멸하기 때문
> 하지만 리고, 너의 그림 속 인물이
> 가발마저 쓰지 않는다면
> 아무런 매력도 없을 터
> 또한 너는 아름답지 않다고 불평할 터

노박의 연구에서 중요하게 부각된 두 작품은 〈바위산에 나타난 성모영보〉와 〈목욕하는 기사〉다. 먼저 노박은 〈바위산에 나타난 성모영보〉와 내셔널갤러리의 〈성 외스타슈의 현시顯示〉(사슴, 점박이 개, 작은 그레이하운드), 산타 아나스타시아의 〈성 게오르기우스의 전설〉(게오르기우스 성인 곁의 두 마리 개), 베로나의 산 페르모의 〈성모영보〉(천사의 날개와 천사 위로 펼쳐진 깎아지른 듯한 풍경)의 몇몇 세부들 사이에 존재하는 숱한 유사성에 근거하여 〈바위산에 나타난 성모영보〉가 피사넬로의 작품이 확실하다는 것을 실증적으로 입증해 보였다.

또한 〈목욕하는 기사〉와 관련해서는 이 작품이 바사리[12]의 『미술가 열전』[13]이라는 책에서 다음과 같이 묘사된 조르조네의 유실 작품일 것이라고 명료하게 추정했다.

조르조네는 회화가 조각보다 우월하다는 것을 조각가들에게 입증하기 위해 한 인물의 앞과 뒤, 좌우 모습을 하나의 화폭 위에 담아 보여주고자 했다. 조각가들을 혼란스럽게 만들려는 목적에서였다. 그가 어떻게 그런 그림을 그렸는지에 대한 설명은 다음과 같다. 먼저 벌거벗은 채 등을 돌리고 있는 인물을 그렸고 그 앞에 투명한 샘을 배치했다. 그리고 그 샘물에 비치는 벌거벗은 인물의 정면을 그렸다. 다음으로 한쪽 가장자리에 얇은 갑옷 하나를 두어 벌거벗은 인물의 왼쪽 얼굴이 갑옷을 통해 나타나게 했

다. 반들반들한 철제 갑옷이 모든 세부를 반사해 상
세히 보여주기 때문이다. 끝으로 다른 쪽 가장자리
에 벌거벗은 인물의 오른쪽 얼굴을 비추는 거울을
배치했다. 요컨대 이 창조적인 그림은 놀라울 정도
로 환상적인 작품이다. 이 그림은 실제로 회화가 조
각보다 더 많은 재능과 작업을 요구하며, 단 하나의
시선으로도 조각보다 자연을 더 잘 표현할 수 있다
는 사실을 보여준다.

하지만 이 같은 반사 표면의 효과는 파올로 피노가 그린
〈성 게오르기우스〉라는 유실된 작품에서도 동일하게 나타
난 바 있다. 또 이런 효과를 사용한 작품들에 관한 명백한 증
거도 존재하지 않았다. 게다가 베네치아, 페라라, 브레시아
의 여러 화가들은 다양한 즐거움을 위해 반사효과를 사용했
다.(특히 오늘날 루브르 박물관에 보존되어 있는 사볼도의
〈가스통 드 푸아라는 인물의 전신 초상화〉가 그런 예에 속
한다.) 그러나 노박은 〈목욕하는 기사〉가 어떻게 소스테뇨
의 컬렉션에 들어오게 되었는지 알아보는 과정에서 이 그림
이 조르조네의 작품이라고 확신할 만한 중요한 단서를 발견
했다. 그는 소스테뇨 컬렉션의 〈목욕하는 기사〉와 세부 묘사
가 거의 일치하는 어떤 그림의 흔적을 찾아냈다. 니콜로 레

12. 조르조 바사리Giorgio Vasari(1511~1574)는
피렌체 출생의 이탈리아 화가이자 건축가, 작가이다.
바사리는 1562년에 최초의 예술 아카데미인
'아르티 델 디세뇨Arti del disegno'를 설립헸고,
서양 최초의 예술사 책인『가장 탁월한 화가,
조각가, 건축가 들의 생애Le Vite de' più eccel-
lenti pittori, sculltori, e architettori』(1550~1568)
를 집필했으며, '르네상스rinascimento'와 '고딕
Gothic'이라는 용어를 최초로 사용했다.

13.『미술가 열전Le Vite』은 바사리의 저서
『가장 탁월한 화가, 조각가, 건축가 들의 생애』를
간단히 줄여 일컫는 프랑스어 명칭이다. 실제로
화가 조르조네의 생애에 관한 자료는 이 책에서만
발견되었다.

니에리라는 사람의 유산으로 남은 〈아이네이아스에게 불카누스의 무기를 건네주는 비너스〉라는 그림이 17세기 초 베네치아의 경매장에 선보인 적이 있었다. 물론 이러한 계열에 속하는 또다른 그림—두 인물을 묘사한 조르조네 다 카스텔프란코의 그림—이 1567년 가브리엘 벤드라민의 〈카메리노 델 안티가글리〉에서 확인되기도 했다. 아무튼 이 '비너스' 그림은 틀림없이 다수의 조르조네 작품들(〈뇌우〉, 〈천사가 떠받치고 있는 예수의 시신〉, 그리고 보르게스 화랑에 소장되어 있는 소품 〈플루트 연주자〉 등)을 소장하고 있던 수집가 소스테뇨의 카탈로그 목록에 없었을 것이고, 마찬가지로 마르칸토니오 미키엘의 탁월하고 상세한 기술에도 나타나지 않았을 것이다. 그러나 저명한 수집가 조르조네가 부분적으로 혹은 완전하게 상속한 컬렉션에 속한 이 작품과 바사리가 묘사하는 작품 간 일치는 너무나 분명한 지표였다. 즉 작품의 작가 추정에 대해서는 재고할 여지가 없었으며 어떤 초상학적·미학적 주장도 반박하기 어려워 보였다.

한편, 미국 회화는 레스터 노박의 연구에서 아주 작은 부분을 차지했다. 〈어느 미술애호가의 방〉에 나타난 미국 회화 스물한 점 중 단지 다섯 점만 간략하게 묘사되었을 뿐이다. 처음 세 작품은 일종의 역사화였는데, 그림의 주제나 자료적

가치, 중심인물의 개성 등이 예술적 가치나 화가의 명성에
비해 잘 구현된 그림들이었다. 첫번째 작품은 〈1842년 6월
1일, 찰스 윌크스의 샌프란시스코 도착〉이라는 제목의 그림
이었다. 이 그림을 그린 아서 스토셀은 윌크스의 탐험에 참
가했던 장교 중 한 사람으로, 1838년 호주 탐험의 임무를 띠
고 뉴욕을 떠났던 윌크스는 미지의 땅을 발견한 후 그곳에
자신의 이름을 붙였다.(그러나 뒤몽 뒤르빌이 이미 그 땅의
일부에 '테르 아델리'라는 이름을 붙였다.) 윌크스는 보르네
오까지 올라갔고, 샌드위치 섬을 탐험했으며, 오리건 해안
과 캘리포니아의 해안을 따라 되돌아왔다. 하지만 영국의 로
스 선장은 윌크스가 말한 경도와 위도 위에는 아무것도 존
재하지 않는다고 주장하면서 그가 발견한 땅들을 의심했다.
1911년에서 1914년 사이, 더글러스 모슨 경의 여행이 이루
어지고 나서야 윌크스가 발견한 땅의 존재가 확인되었다.

〈웨델 해에서 길을 잃다〉(작자 미상, 미국 유파, 19세기)
라는 제목이 붙은 두번째 그림은 또다른 미국인의 탐험, 즉
벤저민의 탐험에 관한 비극적 에피소드를 묘사하고 있다.
1823년에서 1839년 사이 세계일주를 네 번이나 감행한 벤
저민 모렐은 네번째 여행 중 모잠비크 연안에서 비극적인 최
후를 맞이했다. 이 그림(모렐의 사후 그의 여행 가방에서 발

견되었으나 모렐이 이 그림의 작가가 아닌 것은 확실하다)
에 묘사된 에피소드는 그의 일기 제7권에 서술되어 있는데,
일기에 따르면 모렐의 배는 뉴기니, 누벨칼레도니, 뉴질랜
드, 타스마니아, 케르겔렌 섬, 크로제 섬, 프린스에드워드 섬
을 잇달아 탐험한 두번째 여행에서 돌아오는 길에 웨델 해의
빙무氷霧 속에서 길을 잃는다. 그의 배는 큰 빙하 때문에 위험
한 남극의 웨델 해를 몇 주 동안이나 떠돌아다닌 것이다. 그
림은 거대한 빙산에 맞닥뜨린 작은 선박의 모습을 보여주며,
힘없는 데생이 그 희끄무레한 회색 색조의 효과를 파괴하고
있는데도 거의 최음에 가까운 강렬함을 지니고 있다.

세번째 그림은 아놀드 호젠트라거라는 화가의 〈인디안에게
살해된 후앙 디아즈 데 솔리스의 죽음〉이라는 작품이다. 후
앙 디아즈 데 솔리스는 핀존과 함께 유카탄 반도를 발견한 후
리우데자네이루 만灣으로 들어가려 했다. 그러나 그는 식인
인디언 종족에게 잡혀 잡아먹히고 만다. 이 그림은 끝없이
무성한 초목에 둘러싸인 숲속 빈터에 반라半裸의 인디언 무리
가 모여 있는 모습을 보여주는데, 당시 유행하던 역사주의에
지나치게 충실한 나머지 우스꽝스러운 과장법을 제대로 감
추지 못하고 있다. 그림 중간에는 다발로 묶인 세 개의 나무
줄기에 커다란 수선화가 매달려 있고, 그 근처에 불행한 유

럽인들이 기둥에 묶여 있다. 단 한 사람만 홀로 그림의 오른
쪽 끝에 따로 떨어져 있는데, 그는 사제복을 입은 신부로 두
손을 모은 채 무릎을 꿇고 있으며 두 야만인이 도끼로 학살
하기 직전이다. 이 작품은 1888년 루이스빌 미술전에서 은메
달을 수상했다.

나머지 두 작품은 하인리히 퀴르츠의 것으로, 화가가 자신의
과거 작업과 미래 작업의 흔적으로 〈어느 미술애호가의 방〉
에 삽입하고자 했던 그림들이다.

　첫번째 작품 〈애머갠셋 부근의 작은 뱃놀이 항구〉는 아
주 맑은 하늘과 맞닿은 순백의 긴 해변을 표현했다. 회색빛
바다 위에 돛 달린 유선형의 소형보트가 점점이 분포되어 있
다. 해변에는 검은색 옷을 입은 한 무리의 사람들이 커다란
파라솔을 향해 걸어가고 있고, 분홍색과 초록색이 줄무늬를
이루는 파라솔 밑에서는 한 노파가 조각 수박을 팔고 있다.
퀴르츠가 라프케 가족(해변에 보이는 검은 옷의 사람들이
바로 그들이다)을 만난 것은 바로 이 그림을 그릴 때였다.
이 그림이 마음에 든 헤르만 라프케는 즉석에서 퀴르츠에게
200달러를 주고 그림을 구입했다.

　두번째 작품은 존재하지 않았다. 좀더 정확하게 말하자
면 폭 1센티미터에 길이 2센티미터인 작은 사각형 안에만

존재했다. 그림 속 30여 명의 남자와 여자를 알아보려면 커다란 돋보기가 필요했다. 이들은 햇불을 든 군중이 사방에서 달려오자 둑 위의 부교에서 거무스름한 호수 속으로 뛰어내리고 있다. 어느 날 하인리히 퀴르츠가 노박에게 고백한 바에 따르면, 그는 오로지 이 작품을 그리기 위해 그림 그리는 법을 배웠고, 만약 그림 그리기를 포기하겠다는 결정을 내리지 않았다면 이 작품은 〈온타리오 호湖에 포위된 사람들〉이라는 제목의 그림이 되었을 것이라고 한다. 이 작품은 1891년 로체스터에서 일어난 한 사건으로부터 영감을 얻은 것처럼 보였다.(1907년 구스타프 라이트가 이 사건을 소재로 쓴 소설은 상당한 성공을 거두었다.) 사건이 발생하기 6개월 전 해상보험회사 웨스턴유니언에 다니면서 도축업을 병행하는 한 노동자가 광신적인 우상파괴주의 종파를 창설했다. 이 이단종파의 신도들은 그해 11월 13일 밤에서 14일 사이 이스트만코닥사의 상점과 지점 및 공장을 약탈해 당국이 출동하기 전에 이미 필름 케이스 4,000여 개, 감광유제판 5,000여 개, 질화섬유소 필름 85킬로미터 등을 파괴했다. 절반 가량의 마을 사람들에게 추격당한 광신도들은 항복하지 않고 물속에 몸을 던졌는데, 78명의 희생자 중에는 하인리히 퀴르츠의 아버지도 포함돼 있었다.

1924년 5월 12일에서 15일 사이 제2차 라프케 컬렉션 경매가 필라델피아의 파크앤베넷 경매장에서 열렸다. 수많은 군중이 몰려들었고, 미 동부지역에서 가장 유명한 수집가들이 자문가를 동반해 참석했다. 미국 대형 박물관의 관장들도 대부분 참석했다. 경매인 역할은 뉴욕에서 특별히 초청한 물리노와 조너선 칩이 맡았는데, 이들 역시 미술 감정 전문가인 럼코프, 발도비네티, 포이어러벤즈, 턴파이크 주니어와 함께였다. 윌리엄 플레시와 훔베르트 라프케는 이들 전문가들 외에도 맥스웰 패리시, 프란츠 잉게할트, 토머스 그린백, 레스터 노박 등의 도움을 받아 경매 안내책자에 실린 358개의 안내문을 작성했다.

경매 첫날은 미국 회화에 할당되었는데, 경매에 소개된 첫번째 작품은 세계에서 문신을 가장 많이 한 사람을 그린 아돌푸스 클라이드뢰스트의 〈브론코 맥기니스의 초상화〉였다. 이 그림은 바넘스 아메리칸 미술관에 2,500달러에 낙찰되었다. 한편 존 재스퍼의 〈플로리다의 작은 풍경〉(2,500달러), 애덤 빌스턴의 〈마크 트웨인의 초상화〉(2,000달러), 메리 카사트의 〈늙은 마부꾼〉(5,000달러)은 경매 첫날에 가장 좋은 성적을 거두었다. 또 500달러가 넘는 선에서 거래된 작품으로는, 제퍼슨 애보트의 〈공중그네 타는 사람〉(825달러), 대형 선박에 오르는 다리 위에 짐보따리를 지고 일렬로 선 여러 부류의 군중을 그린 윌리엄 리플리의 〈이민자들〉(750달러), 프랭크 스테어케이스의 〈어셔 가家의 몰락〉(650달러), 워커 그린테일의 〈1906년, 월러 대령의 군인들과 태프트 호號의 쿠바 하선〉 등 네 점이었다. 특히 네번째 작품은 제1차 경매 당시 같은 작가의 〈인디언 여인〉이 비교적 높은 가격에 팔렸던 것과 달리 겨우 600달러에 낙찰되었다. 그리고 〈애머갠셋 부근의 작은 뱃놀이 항구〉는 125달러에, 〈월크스의 도착〉은 98달러에 팔렸다. 마지막으로 〈잠자는 새끼고양이 두 마리〉, 〈위스키를 마시는 사람들〉, 〈카페의 웨이터들〉 세 작품은 모두 10달러에 낙찰된 반면 〈호랑이 사냥〉은 45달러까지 가격이 상승했다.

경매 둘째 날은 유럽 현대회화를 위해 준비된 날이었다. 이날 경매는 "신고전 유파"로 분류되는 20여 점의 작품을 소개하면서 시작되었다. 헤르만 라프케의 '리플링스쿤데'의 대부분이 이 신고전 유파에 속했다. 그런데 이 유파에 속한 그림의 삼분의 이 이상이 50달러가 채 안 되는 가격에 낙찰되었다. 이는 20세기 초부터 이러한 장르의 회화가 겪고 있던 하락세를 입증하는 사례가 되고 말았다. 하지만 신고전 유파의 그림 중 일곱 점은 훨씬 활발하게 경매가 이루어졌고 전문가들의 예상을 크게 웃도는 가격에 팔렸다. 로레의 〈황금 깃발의 야영지〉(450달러), 페르디낭 로이베의 〈근위기병 복장을 한 보두앵뒤브뢰이 씨의 초상화〉(1,200달러), 카미유 블랭라벨의 〈란슬롯〉(1,300 달러), 제르벡스의 〈곤충 수집가〉(1,750달러), 제롬의 〈튀니스의 약제사〉(2,000달러), 장 지구의 〈어느 장군의 초상화〉(2,250달러), 그리고 무엇보다 판화와 일러스트로 잘 알려진 외젠 리우의 몇 안 되는 회화작품 중 하나인 놀라운 그림 〈지구 중심으로의 여행〉(2,500달러).

오후의 경매는 상당히 가라앉은 분위기에서 시작되었다. 라프케가 앨버트 아른클레의 적극적인 권유에 따라 구매한 세 작품이 먼저 소개되었기 때문이다. 당시 인지도가 벨기에의 국경을 넘지 못했던 엔소르의 〈가면 쓴 사람들의 초상화〉는 250달러에 그쳤다. 또 조국에서 완전히 무명이었던 아우구스트 마케의 〈조그만 시골길 위의 세 남자〉는 약 십 년 전에 화가가 죽었음에도(라프케는 1908년 마케가 베를린의 로비스 코린트의 아틀리에에서 일할 당시 이 그림을 샀다) 75달러에 경매장에 나와 겨우 83달러에 팔렸다. 구스타프 클림트의 〈어느 오스트리아 장교의 초상화〉는 간신히 560달러에 이르렀다. 그러나 프랑스 유파의 그림이 도착하기 시작하면서 경매장의 분위기는 점점 고조되었다. 프랑스 유파의 그림

은 이미 국제적인 경매가가 대략적으로 확립되어 있었기 때
문이다. 경매장에 소개된 거의 모든 작품이 1,000달러를 넘
어섰고(위트릴로의 〈블랑슈 광장의 벼룩시장〉 1,400달러,
뷔야르의 〈부르주아 가정의 실내〉 2,000달러, 보나르의 〈아
베롱 거리〉 2,800달러 등) 그중 다섯 작품은 1만 달러를 넘
어섰다. 치열한 경쟁을 낳았지만 상대적으로 미진한 가격에
낙찰된 들라크루아의 〈아랍의 기사들〉은 1만 1,000달러였
고, 르누아르의 〈담배 파는 여상인〉은 1만 3,500달러까지 가
격이 상승했다. 분꽃 다발 하나가 놓여 있고 도미노 조각이
흩어져 있는 게임 테이블을 단순하면서도 빈틈없이 묘사한
세잔의 정물화 〈도미노 게임〉은 1만 7,000달러에 팔렸다. 또
코로와 드가의 경우, 전문가들의 평가를 완전히 무너뜨렸다.
어느 이탈리아 풍경을 초기 양식으로 그린 코로의 작품은 5
만 5,000달러를 기록했고, 드가의 〈무용수들〉은 이날 최고
가인 8만 7,000달러에 낙찰됐다.

10만 달러 고지는 셋째 날 아침에 무너졌다. 독일 유파의 그
림이 경매장에 모습을 드러냈기 때문이다. 오후 회기를 거쳐
그 다음날까지 프랑스 유파, 플랑드르 유파, 네덜란드 유파,
이탈리아 유파의 그림이 차례로 소개되자 점점 분위기가 고
조되면서 최고가가 여러 차례 경신되었다.

이 마지막 이틀 동안 경매장에 소개된 45점의 그림 가운데 2,000달러 이하 가격에 팔린 건 여섯 점뿐이었다. 나머지 39점의 그림이 기록한 경매가들은 말할 것도 없이 당대 최고가를 경신하는 가격이었다.

2,100달러: 플랑드르 유파(간혹 마리누스 반 레이메르스바엘의 그림이라고 추정됨), 〈환전상과 그의 부인〉.(쿠엔틴 메치스의 유명한 작품에 대한 당대 모사화. 이 그림에서 가장 흥미로운 것은 모사화가가 그림 속에 만들어낸 작은 변형들이다. 예를 들어, 원작과 달리 그림 전면의 조그만 마법사 거울에는 아무도 반사되어 나타나지 않으며, 구석의 반쯤 열린 문 사이로 보이는 노인(혹은 노파)은 대화는 하고 있지만 손가락을 들고 있지 않고, 그의 얘기를 듣는 남자는 모자를 쓰고 있지 않다. 또 은행가의 부인이 쳐다보고 있는 책의 세밀화는 '아기 예수를 안고 있는 성모 마리아'가 아닌 '그리스도의 매장 모습'을 나타내고 있다.)

3,800달러: 16세기 독일 유파(함부르크), 〈피라모스와 티스베〉.(그림의 후경 전체를 차지하는 상상 속의 바빌론 풍경은 실제로 극소수의 작품만 알려진 함부르크 기교파 화풍을 설명하는 좋은 예로 자주 인용된다.)

4,300달러: 플랑드르 유파, 〈반항하는 천사들의 추락〉.(카바스티발리는 보쉬의 작품이라고 추정했지만, 이를 입증할 만한 요소는 나타나 있지 않다.)

5,000달러: 피에트로 롱기, 〈쿠아를리 궁전에서의 축제〉. (M. 윌리엄 랜돌프 허스트 구입.)

6,500달러: 프랑스 유파, 〈기도하는 수사〉.(간혹 사자가 나타나 있지 않은데도 성 제롬을 그린 작품으로 간주되기도 한다. 노박이 어렵게 알아낸 바에 따르면, 이 그림은 1793년 이후의 역사에 대해서만 추적 가능하다. 그해 성직자 재산 관련 압류 법령에 따라 그림은 샹피니의 생사튀르냉 성당 소유물로 넘어갔고, 그후 이런저런 공공경매를 거치면서 그림의 작가는 발랑탱에서 혼토르스트, 테르 브뤼헨, 구이도 레니, 만프레디, '카라바조의 한 제자,' 샬켄, 어느 스페인 화가에 이르기까지 차례로 바뀌었다.)

7,500달러: 조반니 파올로 판니니, 〈건축가들〉.(두 명의 건축가가 건설 중인 궁전을 방문한 한 추기경을 안내하고 있다.)

8,000달러: 루이 부알리, 〈음악가들의 골목길〉.(좁다란 골목
길에서 플루트 연주자, 비올라 연주자, 첼로 연주자가 몇몇
구경꾼이 바라보는 가운데 막 연주회를 시작하려 한다.)〈원
반던지기 놀이〉라는 제목의 비슷한 그림(두 그림 모두 먼 후
경에서 세 아이가 '술통' 혹은 '개구리 저금통'이라 부르는 원
반던지기 놀이를 하고 있다)이 생제르맹 미술관에 소장되
어 있는데, 그 그림은 본래 위르쉘 불루 양의 소장품이었다.

1만 1,000달러: 잔바티스타 티에폴로, 〈비너스의 탄생〉.(다
디의 옛 소장품)

1만 1,540달러: 네덜란드 유파, 〈체스 두는 사람들〉.(이 작품
은 카럴 반 만더르의 그림으로 추정되어왔다. 하지만 노박은
그럴 가능성이 없다는 것을 매우 독창적인 방식으로 증명해
냈다. 즉 만더르는 1606년에 죽었는데, 그림 속 체스판 위 말
의 배열은 1625년 '칼라브리아인'이라는 별명의 지오키노 그
레코가 참여한 유명한 경기의 열다섯번째 수 다음 상황을 나
타내고 있었던 것이다. 퀴르츠가 이 그림에 대한 모사화에서
열여덟번째 수 다음 상황을, 그것도 외통수 상황으로 바꾸어
표현한 것도 눈여겨볼 만하다.)

1만 2,500달러: 아리고 마테이, 〈잠자는 음악가들〉.(카르네지 재단 구입)

1만 3,125달러: 네덜란드 유파, 〈편지 읽는 처녀〉.(전문가들은 오랜 심의 끝에 이 그림을 메취나 그의 아틀리에에 속하는 누군가의 작품으로 보는 견해를 부인했다.)

1만 3,200달러: 헤릿 반 혼토르스트(게라르도 델라 노테),[14] 〈소돔의 화재〉.(피에르 대제의 컬렉션에 속했던 작품. 엘리자베타 페트로프나가 상트페테르부르크 아니치코프 궁전의 실내장식을 맡아준 것에 대한 감사의 표시로 미셸 레피시에에게 선사했었다.)

1만 4,000달러: 헤르브란트 반 덴 에크하우트, 〈폐허가 된 트로이를 떠나는 아이네이아스〉.

1만 4,315달러: 조제프 베르네, 〈폭풍우〉.(루브르 박물관의 작품과 꽤 유사한 이 그림은 잘 알려진 것처럼 탱베르 자작의 컬렉션에 속해 있었다. 그로스 남작이 그린 탱베르 자작의 초상화는 현재 널리 알려졌지만, 당시까지만 해도 자작의 얼굴은 발르슈의 판화로만 알려졌다.)

1만 5,000달러: 페터 폰 코르넬리우스, 〈빌헬름 폰 훔볼트의 초상화〉.

1만 7,200달러: 토머스 로런스 경, 〈넬슨 제독의 초상화〉.(이 화가가 그린 넬슨의 초상화 네 점 중 이 그림이 두말할 나위 없이 가장 낭만적이다. 그림에서 넬슨 제독은 하나만 남은 손에 늘 들고 다니던 작은 쌍안경 대신 해밀턴 부인이 새겨진 커다란 메달을 쥐고 있기 때문이다.)

1만 7,500달러: 피터르 스나이어르스, 〈티르의 포위공격〉. (노박은 힐레스 반 틸보르흐의 〈미술애호가의 전시실〉들 중 하나에서 이 그림의 복제본을 찾아내어 그림의 작가를 확인했다.)

1만 7,900달러: 오토 레더, 〈트로이 약탈〉.(뉴욕 주 스케넥터디 시의 스미스소니언 문예진흥기구를 위해 셔번보그스[15] 재단이 구입)

1만 8,250달러: 프랑수아 제라르, 〈큐피드와 프시케〉.(1796년판. 루브르 박물관에 소장되어 있는 1798년판과 매우 다름.)

---

14. '밤의 헤릿Gherardo della notte'이라는 뜻의 이탈리아어. 카라바조 화풍의 영향을 받아 촛불을 이용한 밤의 정경을 즐겨 그렸던 혼토르스트의 별명이다.

15. 셔번Shurburn과 보그스Boggs는 마크 트웨인의 소설 『허클베리핀의 모험』(1884)에 등장하는 주요 인물들이다. 트웨인은 페렉이 가장 좋아하는 작가 중 한 사람으로, 그는 『인생사용법』에서도 트웨인과 『허클베리핀의 모험』을 인용하고 암시한 바 있다. 여기서는 『허클베리핀의 모험』에서 적대적인 관계로 등장하는 두 인물의 이름을 합쳐 한 재단의 이름으로 만드는 유희를 시도했다.

2만 달러: 레안드로 바사노, 〈어느 대사의 초상화〉.(로드아일랜드 프로비던스 시의 코코 협회 구입)

2만 1,000달러: 장바티스트 페로노, 〈어느 주교의 초상화〉.(이 그림 속 주교는 1781년 화가가 러시아 여행 중 만난 클라우젠부르크 시의 주교 프랑수아 드 텔렉이다.)

2만 2,000달러: 가스파르 텐 브룩, 〈피카르디 풍경〉.(화가의 명성에 비해 엄청나게 상승된 가격. 사람들은 종종 이 화가를 제라르 테르보르슈 또는 가스파르 반 데르 브룩스와 혼동하는 경향이 있다.)

2만 2,000달러: 얀 피트, 〈공작과 과일 바구니〉.(포르슈빌의 소장품이었고, 이후 세템브리니가 소장했다.)

2만 5,000달러: 피사넬로 유파(?), 〈에스테 가문 공주의 초상화〉.(럼코프와 발도비네티는 이 작품이 피사넬로의 작품이라는 가설을 거부한 토지아의 견해를 지지했다. 한편, 맥스웰 패리시는 이 작품이 '그로세토인'이라 불렸던 피에트로 디 카스텔라치아의 것일 수 있다고 주장했는데, 다른 전문가들이 너무도 심한 침묵으로 일관해 그의 가설은 하나의 주장으로 받아들여지지 않았다.)

3만 2,000달러: 니콜라 푸생, 〈만리우스 카피톨리누스〉. (1837년 존 스미스가 그의 저서 『해설을 첨부한 카탈로그』에서 검토한 바에 따르면, 이 그림은 "로마 역사에서 주제를 빌려온" 푸생의 여섯 작품 중 하나다. 이 작품은 마사르와 랑동의 판화를 통해 세상에 알려졌으며, 1870년 이후 유실된 것으로 간주되었다. 그러나 1891년 잉게할트가 베를린의 한 마차 임대업자의 헛간에서 찾아냈다.)

3만 7,500달러: 지로데트리오종, 〈몽타르지의 루앙 강〉.(스탕달은 1837년 5월 리옹에 있는 친구 폴 브레몽의 집에서 이 그림을 본 후 『어느 여행자의 추억』이라는 저서에서 이를 묘사했다.)

3만 8,000달러: 장바티스트 그뢰즈, 〈오르페우스와 에우리디케〉.(그뢰즈의 그림에서 신화의 한 장면을 발견하는 것은 매우 드문 일이며, 화가 자신도 신화를 그림으로 표현하는 데는 그리 뛰어나지 못했다. 기분 좋은 예외라 할 수 있는 이 그림은 1863년 살롱전에 출품해 상당한 비판을 받았던 그의 작품 〈다나에〉의 현대적 버전이다.)

4만 달러: 프랑수아 부셰, 〈수수께끼〉.(카트린 2세의 요구로 제작되었다고 알려진 이 그림은 '모스크바 스타일'의 옷을 입은 여자아이 세 명이 한 젊은 남자를 둘러싼 채 원무圓舞를 추는 모습을 담고 있다. 화가가 직접 붙인 그림의 제목이 만족스럽게 설명된 적은 한 번도 없다. 그런데 퀴르츠는 〈어느 미술애호가의 방〉에서 이 〈수수께끼〉를 매우 특별한 방법으로 다루었다. 먼저, 그림 속 첫번째 모사화는 원작을 충실하게 재현하면서도 예외적으로 젊은 남자는 자루가 긴 낫을 든 해골로 묘사했다. 두번째 모사화는 동일한 장면을 묘사하지만 세 명의 여자아이 대신 헤르만 라프케의 일곱 손자가 등장한다. 세번째 모사화의 경우 〈시골 축제〉라는 부셰의 작품을 표현하는데, 자갈과 초목으로 이루어진 목가적 풍경 속을 열일곱 명의 남녀 무용수와 연주자가 거닐고 있다. 거대한 조개로 이루어진 수반水盤과 사자머리 모양의 입구로 이루어진 성수반聖水盤 양식의 분수 근처에 여성 하프 연주자 한 명이 서 있고, 여성 무용수 세 명은 원무를 추고 있으며, 잎이 우거진 나뭇가지 사이로 남성 플루트 연주자 한 명과 두 젊은 여성이 반쯤 가려진 채 보인다. 또 일곱 명의 남녀 무용수가 거

대한 원을 그리는데 그중 서로 허리를 감싼 젊은 여성 두 명
과 바이올린 연주자 한 명이 보이고, 동굴 속에서는 한 젊은
여성이 쭈그리고 앉은 어느 기타 연주자의 연주를 듣고 있
다. 이 모사화의 원작은 헤르만 라프케가 소유할 수 없었던
드문 작품에 속한다. 메이라자스 경매장에서 소개되었던 부
셰의 〈시골 축제〉는 화가의 상속인들의 합의에 따라 피볼랭
후작에게 팔렸고 그후 경매장에 나타나지 않았다.

5만 달러: 페테르 파울 루벤스, 〈미다스와 아폴론〉.(앙투안
코르넬리센의 옛 컬렉션에 속했던 작품. 반다이크는 코르넬
리센을 '안트베르펜의 미술애호가'라 불렀다.)(코네티컷의
존슨 재단 구입)

6만 2,500달러: 안드레아 솔라리오, 〈성모 방문화〉.(뉴욕의
사이먼 로램 씨 구입)

6만 5,000달러: 장바티스트 시메옹 샤르댕, 〈점심 준비〉.(올
버니의 시어스로벅 재단 구입)

8만 5,000달러: 얀 스테인, 〈의사들〉.(헤이그 미술관에 소장
된 〈의사의 방문〉보다는 덜 유명하지만 팔라틴 공주의 옛 소

장품 중 하나였으며, 오르후스 미술관, 살라망카 미술관, 프라하 미술관에서 이 그림의 모사화를 발견할 수 있다. 또한 이 그림은 아주 특별한 자료적 가치를 보여주기도 한다. 실제로 그림에서 의사 한 명이 젊은 여성 환자를 진료하면서 반쯤 옷을 걷어올린 그녀의 가슴에 약 한 세기 반 뒤 라에네크가 '발명해' 청진기라는 이름을 붙이는 물건과 꽤 유사한, 일종의 원뿔 모양의 청음기를 대고 있다. 아마도 이런 이유 때문에, 다트머스 대학의 의학사박물관에서 온 구매자들은 전문가들이 4만 달러 정도로 예상했던 이 작품의 가격을 두 배 이상으로 올려놓았다.)

10만 6,000달러: 카럴 파브리티위스, 〈항만지도의 젊은 여인〉.(일리노이 주의 혹스빌 미술관 구입)

11만 2,000달러: 안토니오 피사노(일명 '피사넬로'), 〈성모영보〉.(플로리다 미술관연합회 구입)

12만 달러: 한스 홀바인 2세, 〈상인 마르틴 바움가르텐의 초상화〉.(피츠버그의 버드와이저 연구소 구입)

13만 7,000달러: 루카스 크라나흐, 〈야코프 치글러의 초상
화〉.(트로이의 밴더빌트 미술발전협회 구입)

14만 3,000달러: 조르조네, 〈아이네이아스에게 불카누스의
무기를 건네주는 비너스〉.[16](이 제목으로 작품이 소개되자
경매장 홀 안에서 반대의사가 있다는 듯 수군거리는 소리가
들렸다. 그러더니 한 사람이 일어나 이 작품은 "노박 교수가
조르조네 작품이라고 추정하는 그림"으로 소개되어야 한다
고 주장했다. 하지만 이런 소란도 이 작품이 메트로폴리탄
미술관과 라이헨할레 재단과 시카고 아트인스티튜트 사이
에서 매우 격렬한 경매 대상이 되는 것을 막지 못했고, 결국
시카고 아트인스티튜트가 최종 승자가 되었다.)

16만 5,000달러: 프란스 할스, 〈위스터 반 오스트락과 여섯
아이들의 초상화〉.(말버러 공작의 옛 소장품. 말버러 공작
가문의 후손이라고만 알려진 뉴욕의 한 미술애호가를 위해
트레븐 스튜어트라는 상인이 구매)

18만 1,275달러: 얀 페르메이르 반 델프트, 〈훔친 지폐〉.(볼
티모어의 에드거 A. 페리 재단 구입)

16. 〈아이네이아스에게 불카누스의 무기를
건네주는 비너스〉(1775)는 부셰의 작품이며
루브르 박물관에 소장되어 있다. 이처럼 잘 알려진
부셰의 작품을 조르조네의 작품으로 추정하고
소개하는 것은 의도적인 지식의 유희 내지는
의도된 '거짓 지식'이라 볼 수 있다.

몇 년 후 제2차 라프케 컬렉션 경매 당시 구매자로 나섰던 공공기관과 사설기관 책임자들은 모두 홈베르트 라프케라고 서명된 편지를 받았다. 편지에는 그들이 구입한 대부분의 작품이 가짜이며 홈베르트 자신이 그 그림들의 실제 작가라는 내용이 적혀 있었다.

1887년 헤르만 라프케가 유럽에 있을 당시 보스턴 미술학교 학생이었던 홈베르트는 한 교수에게 라프케의 수집품을 검토해달라고 부탁한 적 있다. 그 교수는 양조업자 라프케가 처음 세 번의 여행 동안 모은 작품을 간단히 살펴본 후, 그것들이 모두 가짜이거나 전혀 값어치가 없다는 사실을 알려주었다.

여행에서 돌아오자마자 이를 알게 된 헤르만 라프케는 복수를 결심한다. 그는 자녀들, 이 일을 계기로 모사가로서 경이로운 재능을 펼쳐 보인 조카 홈베르트 라프케, 레스터 노박과 프란츠 잉게할트 같은 몇몇 공범자와 하수인을 섭외한다. 그 자신은 수년 후, 심지어 죽고 나서도 미술품 수집가와 미술 감정가, 그림 상인을 속일 수 있는 위조 작업에 착수한다. 그후 여덟 번의 유럽 여행은 전적으로 〈어느 미술애호가의 방〉에 등장하는 작품들의 진실성을 보장할 증거자료를 모으고 조작하기 위한 여정이었다. 이 기간 동안 홈베르트 라프케, 즉 하인리히 퀴르츠는 위조 작업을 실행에 옮겼

다. 각 단계마다 매우 치밀하게 계산된 이 집요한 연출의 핵
심은 무엇보다 〈어느 미술애호가의 방〉이라는 그림의 제작
이었다. 이 그림 속에서 단순한 모사화처럼, 아류작처럼, 복
제화처럼 걸려 있는 라프케 컬렉션의 그림이 실제 존재하는
그림의 모사화 같은, 아류작 같은, 복제화 같은 느낌을 자연
스럽게 전달해야 했기 때문이다. 나머지 일은 위조 작업뿐이
었다. 낡은 화판과 오래된 캔버스, 아틀리에의 습작들, 그리
고 색소, 밑칠, 균열 등으로 그럴듯하게 위장된 다수의 하찮
은 작품을 만들어내면 그만이었다.

곧 이 편지의 내용에 대한 사실 확인 작업이 치밀하게 진행되
었다. 그리고 얼마 지나지 않아 라프케 컬렉션의 작품이 대
부분 가짜라는 사실이 밝혀졌다. 오직 사실을 가장하는 행위
의 즐거움과 짜릿한 전율만을 위해 만들어진 이 허구 이야기
의 세부 묘사가 대부분 가짜인 것처럼.

작품에 등장하는 주요 화가 목록

아래의 목록은 소설에서 상대적으로 중요하게
다루어진 화가들의 목록이다. 비교적 비중 있게
다루어졌음에도 신원을 확인할 수 없는 화가들은
작가 페렉이 창조한 허구의 인물로 추정된다.
(가령, 아돌푸스 클라이드뢰스트, 데이지 버로스,
러셀 존슨, 토머스 코빗, 버니 빅포드, 워커
그린테일, 도나이올로, 벨라 감바, 아리고 마테이,
오토 레더, 가스파르 텐 브룩, 아놀드 호젠트라거
등)

니콜라 푸생

Nicolas Poussin, 1594~1665. 17세기 프랑스
화가. 회화뿐 아니라 문학, 철학, 고전예술에
심취해 있던 푸생은 1624년 로마로 건너가 새로운
예술에 눈을 뜬다. 이탈리아 르네상스 미술에
대한 기존의 관심에 베네치아 화가들의 영향이
더해져 르네상스 휴머니즘을 바탕으로 하는
새로운 고전주의 화풍을 만들어낸 것. 이때부터
푸생은 기하학적 대칭구도, 엄정한 묘사, 절제된
색조, 정확한 색상 대비, 조각상 같은 부동성 등
독자적인 회화 세계를 구축해나간다. 그의 양식은
이후 17세기 고전주의 회화의 모델이 된다. 푸생은
해박한 인문학적 지식을 바탕으로 그리스 로마
신화와 성서, 고대 역사 등에 등장하는 인물이나
사건을 상상의 풍경 속에서 새롭게 재현한
것으로도 유명하다. 주요 작품으로 〈게르마니쿠스
카이사르의 죽음〉(1628), 〈시인의 영감〉(1629),
〈만나를 모으는 이스라엘 사람들〉(1639),
〈디오게네스가 있는 풍경〉(1648) 등이 있다.

레안드로 바사노

Leandro Bassano, 1557~1622. 16~17세기
이탈리아 화가. 본명은 레안드로 다 폰테Leandro
da Ponte이며 화가 야코포 바사노의 아들이다.
바사노에서 출생해 베네치아에서 사망했으며,
1588년 베네치아에 거주하면서부터 베네치아

화풍을 바탕으로 하는 독자적인 스타일을
발전시켰다. 밀도 높은 공간 구성과 강렬한
붓터치를 선호했던 아버지와 달리, 단순하고 여유
있는 공간 구성과 밝은 채색을 선호했다. 그의
작품 대부분은 제작연도가 정확하지 않아 다른
작가의 작품과 자주 혼동된다. 주요 작품으로
〈페넬로페〉(1575~1585), 〈어느 노인의 초상화〉,
〈최후의 만찬〉 등이 있다.

루이 부알리

Louis Boilly, 1761~1845. 18~19세기 프랑스의
화가. 본명은 루이 레오폴드 부알리Louis Léopold
Boilly. 초기에는 초상화를 주로 그렸으나, 1785년
파리에 정착한 후로는 파리 시민의 모습이나 일상
생활을 그리는 일과 로베스피에르 같은 유명
인사의 초상화를 그리는 일을 병행한다. 판화,
수채화, 캐리커처 등 다양한 장르에 능했으며,
정밀하고 섬세한 묘사와 재치 있는 유머가 결합된
독특한 화풍으로 유명하다. 주요 작품으로 〈고앵
가족〉(1787), 〈로베스 피에르〉(1789), 〈당구
게임〉(1807), 〈튈르리 정원의 정치인들〉(1832)
등이 있다.

루카스 크라나흐

Lucas Cranach, 1472~1553. 16세기 독일의
화가. 도나우화파의 영향을 많이 받았다. 1508년
네덜란드 각지를 여행하면서 후기 고딕양식에
르네상스적인 요소를 가미하는 독자적인 스타일을
만들어냈다. 초기에는 강렬한 표현주의적
색채로 독일의 산림 풍경을 신선하고 서정적으로
묘사했으나, 후기에는 우아한 여성의 나체 및 신화
그림을 많이 그렸다. 루터를 비롯한 저명인사의
초상화도 다수 제작했다. '북유럽 미의 여신'으로
일컬어지는 독특한 '비너스' 그림으로도 유명하다.
주요 작품으로 〈그리스도의 책형磔刑〉(1530),
〈작센 선제후〉(1532), 〈비너스〉(1532), 〈천국의
아담과 이브〉(1533) 등이 있다.

빌럼 반 하흐트

Willem van Haecht, 1593~1637. 17세기
플랑드르 화가. '갤러리 그림들gallery pictures'로
잘 알려져 있다. 페테르 파울 루벤스에게 그림을

배웠고, 1615년에서 1619년 사이에 파리에서 작업한 후 7년 동안 이탈리아를 여행한다. 이후 안트베르펜으로 돌아와 성루가 길드의 지도자로 활동하며, 코르넬리스 반 데르 헤이스트가 소장한 예술품 컬렉션의 큐레이터 역할을 수행하기도 한다. 주요 작품으로 〈코르넬리스 반 데르 헤이스트의 전시실〉(1628)과 〈아펠레스의 스튜디오를 방문한 알렉산더 대왕〉(1629) 등이 있다.

안드레아 솔라리오

Andrea Solario, 1460~1524. 15~16세기 이탈리아의 화가. '안드레아 솔라리'라고도 불리며, 많은 건축가와 예술가를 배출했던 솔라리Solari 가문 출신이다. 레오나르도 다 빈치의 가장 중요한 제자 중 한 사람. 그는 생전에 여러 개의 이름으로 불려 후대인들을 혼란스럽게 했다. '안드레아 델 고보Andrea del Gobbo'라는 이름은 고보라는 이름을 가졌던 그의 형 크리스토포로 솔라리와 착각하게 만들었고, '안드레아 델 바르톨로Andrea del Bartolo'라는 또다른 이름은 14세기 시에나 출신의 화가 안드레아 디 바르톨로와 혼동하게 했다. 주요 작품으로 〈동정녀 마리아와 녹색 쿠션〉(1507), 〈샤를 당부아즈의 초상화〉(1507), 〈류트 연주하는 여인〉(1510) 등이 있다.

안토니오 피사노

Antonio Pisano, 1395~1455. 15세기 이탈리아 화가, 도안가, 메달 제작자. 피사넬로 Il Pisanello라는 예명으로 더 유명하다. 초기에는 국제 고딕 양식이 지배하던 베로나에서 화가 스테파노 다 세비오에게 그림을 배웠다. 그후 베네치아의 화가 젠틸레 다 파브리아노의 영향을 받아, 고딕 양식과 사실적인 묘사, 섬세한 표면처리를 결합한 새로운 양식을 선보인다. 특히 입체적인 모델 묘사로 고딕 양식과 르네상스 양식을 잇는 중요한 연결점을 만들어냈다는 평가를 받는다. 당대 최고의 메달 제작자로도 명성을 떨쳤다. 주요 작품으로 〈커트란 공주의 초상화〉(1438), 〈성 조지와 공주〉(1438), 〈레오넬로 데스테의 초상화〉(1442) 등이 있다.

얀 브뤼헐

Jan Brueghel, 1568~1625. 16~17세기 플랑드르 화가. 16세기 플랑드르의 대표 화가인 피터르 브뤼헐의 아들이다. 출생하자마자 아버지가 죽어 할머니 마리 드 베세메르에게 그림을 배운다. 특히 미니어처 그림과 수채화를 익히면서 섬세하고 유려한 묘사와 풍부한 색채감을 전수받는다. 초기에는 꽃과 과일 그림으로 명성을 얻었으나, 이탈리아를 여행하면서 새로운 화풍에 눈을 뜨고 안트베르펜에 정착한 후로는 정물화, 성화, 풍경화 등 다양한 장르의 그림을 그린다. 페테르 파울 루벤스, 헨드릭 반 발렌 등과 많은 그림을 공동 제작하기도 했다. 주요 작품으로 〈풍차가 있는 풍경〉(1597), 〈꽃다발〉(1603), 〈안트베르펜 풍경〉(1612), 〈농부의 춤〉(1618) 등이 있다.

얀 스테인

Jan Steen, 1626~1679. 17세기 네덜란드 화가. 네덜란드 회화의 황금시대를 대표하는 화가 중 한 사람. 아드리안 반 오스타더와 프란스 할스의 영향을 많이 받았으며, 1648년 레이던의 화가조합에 가입한 후 본격적인 작품 활동을 시작했다. 그가 남긴 수백 편의 작품은 다소 편차를 보이지만, 당대 평민들의 풍속을 묘사하고 유머를 잃지 않으며 풍부한 색채를 보여준다는 공통점을 지닌다. 특히 집단 속 각 개인의 심리를 표현하는 데 탁월한 재능을 보였다. 주요 작품으로 〈마을의 학교〉(1663), 〈아침의 단장〉(1665), 〈병든 여인〉(1665), 〈성 니콜라우스 축제〉(1668) 등이 있다.

얀 페르메이르 반 델프트

Jan Vermeer van Delft, 1632~1675. 17세기 네덜란드 화가. 후대인들에게 얀 페르메이르, 야코프 반 데 메이르, 얀 반 데르 메이르 등의 이름으로 불렸으나, 공식 문서에는 대부분 '요하네스 페르메이르Johannes Vermeer'라는 이름으로 서명했다. 카럴 파브리티위스의 영향을 받았으며, 초기에는 성서나 신화를 다루는 그림을 그렸으나 곧 평범한 일상의 모습을 담는 풍속화로 옮겨와 평생 동안 몰두한다. 당대에는 빛을 보지 못하다가 19세기 중반 이후 재평가된다. 특히 정교한 빛의 구성과 뛰어난 색조, 고요하면서도 정밀한 정서 등으로 현대에 이르러 더 큰 주목을 받고 있다. 주요 작품으로 〈우유 따르는 하녀〉(1958), 〈레이스를 뜨는 여인〉(1659), 〈델프트 풍경〉(1661), 〈진주 귀걸이를 한 소녀〉(1665) 등이 있다.

얀 피트
Jan Fyt, 1611~1661. 17세기 플랑드르 화가. 요하네스 페이트Johannes Fijt라고도 불린다. 동물 그림 전문 화가, 판화가로 활동했다. 동물 그림 전문 화가였던 프란스 스네이더르스의 수제자이며, 파리와 이탈리아를 여행한 후 1641년 안트베르펜에 정착해 수많은 사냥 그림 및 정물화를 제작했다. 주요 작품으로 〈과일과 앵무새가 있는 정물화〉(1640), 〈사냥의 여신 다이아나〉(1650), 〈사냥감을 먹는 개〉(1651), 〈커다란 개〉(1652) 등이 있다.

에드가 드가
Edgar Degas, 1834~1917. 19~20세기 프랑스의 화가이자 판화가, 조각가, 사진가. 본명은 일레르 제르맹 에드가 드가Hilaire Germain Edgar de Gas. 1855년 파리의 미술 학교에 들어가 앵그르에게 회화를 배웠으며, 이후 이탈리아를 여행하면서 르네상스 미술을 연구한다. 1874년부터 1886년까지 인상전에 일곱 차례나 참여해 인상주의 화가로 분류되었으나, 그후 사진의 순간적인 프레이밍 기법과 자연주의적 관점에 근간을 두는 독특한 작품을 선보이며 독자적인 길을 추구한다. 파리의 서민과 평민의 일상생활을 즐겨 그렸고, 근대화 사회의 여러 단면을 순간적으로 포착해 보여주는 데 탁월한 능력을 발휘했다. 주요 작품으로 〈무용 학교〉(1879), 〈다림질 하는 여인〉(1884), 〈대야〉(1886), 〈푸른 옷을 입은 발레리나〉(1893) 등이 있다.

오귀스트 에르비외
Auguste Hervieu, 1819~1858. 19세기 프랑스 화가이자 삽화가. 트롤로프 가족과의 미국 여행으로 유명하다. 수년 동안 프란시스 트롤로프와 공동 작업하면서 그녀의 책들의 삽화를 제작했으며[『미국인의 가정 예의범절 Domestic Manners of the Americans』(1832) 등], 트롤로프 가족을 비롯해 미국에서 만난 여러 지인들을 그린 초상화로 잘 알려져 있다. 주요 작품으로 〈제임스 와트의 초상화〉(1828), 〈로버트 오웬의 초상화〉(1829), 〈프란시스 트롤로프의 초상화〉(1832) 등이 있다.

윌리엄 호가스
William Hogarth, 1697~1764. 18세기 영국 화가이자 판화가. 동시대 사회를 풍자한 판화로 유명하다. 당대 거장 손힐에게 사사한 후 교훈적 테마를 담은 판화로 명성을 얻었으며, 날카로운 사회 풍자와 생생하고 풍부한 표현력으로 높은 평가를 받았다. 『미의 분석』(1753)이라는 미학 저서를 출간하기도 했다. 주요 작품으로 〈매춘부의 편력〉(1732), 〈서서크의 시장〉(1733), 〈당대 결혼 풍속〉(1745) 등이 있다.

이아생트 리고
Hyacinthe Rigaud, 1659~1743. 17~18세기 프랑스 화가. 바로크 시대 프랑스에서 초상화를 가장 많이 제작하고 큰 성공을 거둔 화가 중 한 사람이다. 1681년 페르피냥에서 파리로 올라와 본격적으로 초상화에 몰두하여 파리의 부유층 사이에서 명성을 얻은 끝에 1688년 왕실의 초상화를 그리기 시작한다. 프랑스 왕실뿐 아니라 유럽 각국의 왕족, 귀족, 성직자, 문인의 초상화를 제작했으며, 그가 그린 루이 14세의 초상화는 베르사유 궁전 옥좌실에 걸릴 만큼 인정을 받는다. 주요 작품으로 〈루이 14세의 초상화〉(1694), 〈자크 베니뉴 부쉬에〉(1702), 〈신첸도르프 백작의 초상화〉(1712) 등이 있다.

잔바티스타 티에폴로
Gianbattista Tiepolo, 1699~1770. 18세기 이탈리아 화가. 본명은 조반니 바티스타 티에폴로 Giovanni Battista Tiepolo. 오랫동안 베네치아를 대표하는 화가로 활동했으며 특히 궁전과 성당 벽화 분야에서 독보적인 명성을 얻었다. 스카루치 성당의 천정화, 밀라노 팔라초 클레리치 궁전의 천정화, 베네치아 라비아 궁전의 무도회실 벽화 등을 제작했으며, 1762년에는 스페인 왕 카를로스 3세의 초청을 받아 마드리드의 왕궁 벽화를 제작하기도 했다. 화사하고 밝은 색채, 다양한 화면 구성, 당당한 인물 표현으로 18세기 이탈리아 최고의 화가 중 한 사람으로 꼽힌다. 주요 작품으로 〈제우스와 다나에〉(1736), 〈아폴론과 다프네〉(1745), 〈히야신스의 죽음〉(1753), 〈앵무새를 든 젊은 여인〉(1761) 등이 있다.

장바티스트 그뢰즈

Jean-Baptiste Greuze, 1725~1805. 18세기 프랑스 화가. 당시 파리에서 유행하던 네덜란드 유파와 이탈리아 유파의 영향을 받아 일반 시민의 평범한 생활을 그리는 데 주력했다. 부드러운 채색과 섬세한 묘사로 이름을 얻었고, 특히 의상을 묘사하는 솜씨가 뛰어나 당대 파리 시민이 입던 의상의 섬세한 질감을 정교하게 표현해냈다. 일반 시민의 소박한 일상생활을 다루면서도 형식적으로는 당대 로코코 양식의 화려하고 우아한 스타일을 추구해 결국 통속화에 머물렀다는 비판을 받기도 한다. 주요 작품으로 〈나태〉(1756), 〈마을의 회의〉(1761), 〈깨어진 거울〉(1763), 〈죽은 새〉(1800) 등이 있다.

장바티스트 시메옹 샤르댕

Jean-Baptiste-Siméon Chardin, 1699~1779. 18세기 프랑스 화가. 화려한 로코코 미술이 지배하던 18세기 프랑스에서 소박한 정물화와 풍속화의 길을 독자적으로 개척한 화가다. 당대에는 그리 주목받지 못했으나, 19세기 후반 인상파 화가들에게 재평가된다. 정물과 색채의 조화, 과장되지 않은 통일감, 일상을 향한 따뜻한 시선 등을 일관되게 유지했으며, 일상과 사물에 대한 정확하고 진지한 묘사를 추구해 사물의 감정과 실체를 드러냈다는 평을 받았다. 특히 그의 정물화는 냄비, 채소, 과일, 바구니, 담배, 달걀 등 지극히 평범한 일상의 오브제를 다룬 것으로 유명하다. 주요 작품으로 〈가오리〉(1728), 〈토끼, 화약통과 사냥가방〉(1730), 〈주석을 댄 구리냄비와 달걀 세 개〉(1935), 〈비눗방울〉(1739) 등이 있다.

장바티스트 페로노

Jean-Baptiste Perronneau, 1715~1783. 18세기 프랑스 화가. 회화를 비롯해 판화와 파스텔화를 많이 남겼으며, 특히 초상화로 이름을 얻었다. 로랑 카르에게 조각을, 샤를 조제프 나투아르에게 회화를 배웠고, 1740년대부터 본격적으로 유화 및 파스텔화 초상화를 그리기 시작했다. 1750년 파리 미술전에서 경쟁자인 모리스 켕탱 드 라투르와 모사 스캔들에 휩싸였으나, 이후 1753년 미술전에서 화가 장바티스트 우드리의 초상화 및 조각가 랑베르 시지베르 아당의 초상화로 수상하면서 확실한 명성을 얻게 된다. 주요 작품으로 〈장바티스트 우드리의 초상화〉(1753), 〈랑베르 시지베르 아당의 초상화〉(1753), 〈자크 카조트의 초상화〉(1763) 등이 있다.

조르조네

Giorgione, 1477~1510. 15~16세기 이탈리아 화가. 본명 조르조 바르바렐리Giorgio Barbarelli. 르네상스 최전성기의 베네치아파를 대표하는 화가이지만 젊은 나이에 요절했고 생애에 대해서도 알려진 사실이 거의 없다. 1495년경 베네치아로 가서 조반니 벨리니에게 그림을 배웠고, 이내 베네치아 최고의 화가로 인정받는다. 이탈리아 르네상스 회화양식을 확립했다는 평가를 받는다. 또한 〈잠자는 비너스〉로 근대 나체화의 기초를 만들었으며, 〈폭풍우〉에서는 구도 대신 색채로 화면의 통일성을 만들어내 근대 회화의 새로운 세계를 개척하기도 했다. 주요 작품으로 〈목자의 예배〉(1505~1510), 〈폭풍우〉(1506), 〈전원의 합주〉(1508), 〈잠자는 비너스〉(1510) 등이 있다.

조반니 파올로 판니니

Giovanni Paolo Pannini, 1691~1765. 18세기 이탈리아 화가. 극장의 무대 배경을 그리면서 미술을 시작했다. 로마의 고대 유적에 대한 깊은 관심을 바탕으로 폐허가 된 옛 로마의 풍경을 그리는 화가로 이름을 얻는다. 특히 고대 로마의 허물어진 거대한 건축물에 작은 인물들을 배치한 풍경화로 인기를 끌었는데, 이러한 화풍은

'판니니풍'이라고 불리기도 한다. 또한 실제 풍경과 상상의 풍경을 섞어 자신이 원하는 장면을 자유롭게 그려내는 그의 회화 양식은 '카프리치오 capriccio' 양식이라고도 불렸다. 주요 작품으로 〈로마 판테온의 내부〉(1732), 〈산타마리아 마조레 교회〉(1744), 〈음악축제〉(1747), 〈고대 로마 풍경이 있는 회랑〉(1758) 등이 있다.

조제프 베르네

Joseph Vernet, 1714~1789. 18세기 프랑스 화가. 본명은 클로드 조제프 베르네 Claude Joseph Vernet. 아비뇽 출생으로 남프랑스에서 회화를 시작했으나, 1724년 로마로 건너가 풍경화와 해양화를 집중적으로 연구한다. 1753년부터 약 10여 년 동안 마리니 후작의 요청으로 프랑스 항구의 풍경을 그렸다. 이 시기에 완성된 24점의 〈프랑스의 항구〉 연작으로 베르네는 프랑스 해양화 분야에서 가장 뛰어난 화가 중 한 사람으로 알려지게 된다. 주요 작품으로 〈나폴리 풍경〉(1748), 〈마르세유 항구의 안쪽〉(1754), 〈천둥 치는 산의 풍경〉(1775), 〈연안지대〉(1776) 등이 있다.

지로데트리오종

Girodet-Trioson, 1767~1824. 18~19세기 프랑스 화가. 본명은 안 루이 지로데 드 루시 트리오종Anne Louis Girodet de Roucy Trioson. 1789년 '로마대상大賞'을 받고 5년간 로마에 유학하면서 로마 살롱에 〈잠자는 엔디미온〉 (1792)을 출품해 낭만주의 회화의 기원을 연다. 문학과 철학에도 깊은 조예를 나타냈으며, 작가 샤토브리앙의 영향을 받아 〈아탈라의 매장〉 (1808)이라는 낭만주의 걸작을 발표하기도 한다. 말년에는 회화 작업을 중단하고 시작詩作에만 몰두했다. 주요 작품으로 〈잠자는 엔디미온〉 (1792), 〈소녀 천사와 비너스〉(1798), 〈아탈라의 매장〉(1808), 〈호르텐스 여왕의 초상화〉(1808) 등이 있다.

카럴 파브리티위스

Carel Fabritius, 1622~1654. 17세기 네덜란드 화가. 빛과 공간에 대한 그의 연구는 17세기

중반 델프트 미술의 태동을 이끌었으나 델프트의 폭발사고로 32세에 요절했다. 렘브란트의 중요한 제자 중 한 사람이고, 〈아브라함 데 포테르의 초상화〉(1648)에서부터 독창성을 보여주기 시작했다. 어두운 배경에서 인물을 대조적으로 환하게 드러내는 렘브란트와 반대로, 밝은 배경에 인물을 어둡게 나타내 자연광 효과로 미묘한 분위기를 창출하는 것이 특징이다. 이런 기법은 후에 피터르 더 호흐와 얀 페르메이르에게 영향을 미치기도 한다. 주요 작품으로 〈아브라함 더 포테르의 초상화〉(1648), 〈악기 가게가 있는 델프트 풍경〉(1652), 〈오색방울새〉(1654) 등이 있다.

토머스 로렌스 경

Sir Thomas Lawrence, 1769~1830. 18~19세기 영국 화가. 어려서부터 초상화에 뛰어난 재능을 발휘해 23세에 조슈아 레이놀즈의 뒤를 이어 영국 왕실의 궁정화가로 임명된다. 그후 평생 동안 유럽의 여러 왕족과 귀족의 초상화를 그렸고, 영국 왕실로부터 기사 작위를 받기도 했다. 우아하고 세련된 화풍과 당대 상류층의 풍속 및 취향을 정확히 짚어낸 그림으로 유명하다. 주요 작품으로 〈시포드 경〉(1805), 〈웰링턴 장군〉(1815), 〈교황 비오 7세〉(1819), 〈글로스터 공주〉(1826) 등이 있다.

페터 폰 코르넬리우스

Peter von Cornelius, 1783~1867. 19세기 독일 낭만주의를 대표하는 화가. 뒤셀도르프 출신으로 괴테의 『파우스트』와 『니벨룽겐』의 삽화로 일찍이 명성을 얻었다. 1810년에서 1817년 사이 로마에 체류하면서 당시 로마에 모여 있던 독일인 화가 집단인 나자레파의 중심인물로 활동했다. 주요 작품으로 〈현명하고 어리석은 처녀들〉(1813), 〈묵시록의 네 기사들〉, 〈최후의 심판〉 등이 있다.

페테르 파울 루벤스

Peter Paul Rubens, 1577~1640. 17세기 플랑드르 화가. 플랑드르뿐 아니라 유럽의 바로크 회화 전체를 대표하는 화가로, 이탈리아 중심의 남유럽 회화와 플랑드르 중심의 북유럽 회화를

하나로 종합했다는 평가를 받는다. 현란한 색채, 생동하는 에너지, 감각적이고 관능적인 인체 묘사, 웅장한 구도 등이 특징이다. 1600년 이탈리아로 건너가 약 8년간 머무르면서 이탈리아 르네상스와 바로크를 연구했으며, 이후 플랑드르로 돌아와 궁정화가가 되면서 플랑드르의 최고 화가로 활동한다. 역사화와 종교화를 비롯해 많은 대작을 남겼다. 주요 작품으로 〈십자가를 세우다〉(1610), 〈마리 드 메디시스의 생애〉(1921~1625), 〈평화의 알레고리〉(1629), 〈전쟁의 공포〉(1638) 등이 있다.

프란스 할스

Frans Hals, 1580~1666. 17세기 네덜란드 화가. 출생연도와 장소는 불분명하나, 1591년 이후 하를럼에 정착해 생의 대부분을 보냈다. 렘브란트, 페르메이르와 함께 네덜란드 회화의 황금시대를 이끈 가장 중요한 화가 중 한 사람이다. 대담한 붓터치와 섬세한 심리 묘사로 초상화의 새로운 경지를 개척했다는 평가를 받으며 17세기 네덜란드의 초상화를 이끌었으나, 술과 고독 속에서 말년을 보낸다. 그의 묘사 양식은 후대 화가들에게 큰 영향을 미쳤는데, 특히 사실적이면서도 자유로운 그의 붓터치는 2세기 후 등장하는 쿠르베 등의 사실주의 화가들과 마네와 고흐를 비롯한 인상주의 화가들에게도 상당한 영향을 주었다. 주요 작품으로 〈류트를 연주하는 광대〉(1623), 〈웃고 있는 기사〉(1624), 〈노래하는 소년들〉(1625), 〈집시 여인〉(1628) 등이 있다.

프랑수아 부셰

François Boucher, 1703~1770. 18세기 프랑스 화가. 초기에는 감각적이고 밝은 분위기의 신화 그림과 목가적인 풍경화로 명성을 얻었고, 후기에는 주로 상류층의 화려한 풍속과 애정 장면 등을 그렸다. 또한 후원자인 퐁파두르 부인과 여왕의 주문을 받고 베르사유, 마를리, 벨뷔 등지에서 장식화를 그렸으며, 고블랭 타피스리 공장의 책임자이자 왕립자기공장의 주요 도안가로 활동하면서 삽화, 만화, 도안 등 다채로운 작품을 제작하기도 했다. 미묘한 색채, 품위 있는 형태, 뛰어난 기교 등을 바탕으로 하는 부셰의

우아하고 세련된 양식은 18세기 프랑스의 로코코 회화를 대표한다. 주요 작품으로 〈목욕 후에 쉬는 다이애나〉(1742), 〈전원의 여름〉(1749), 〈비너스의 화장〉(1751), 〈퐁파두르 부인〉(1756) 등이 있다.

프랑수아 제라르

François Gérard, 1770~1837. 18~19세기 프랑스 화가. 본명은 프랑수아 파스칼 시몽 제라르François Pascal Simon Gérard. 유럽의 저명인사들, 특히 프랑스 제1제정과 왕정 복고 시대 유명 인사들의 초상화를 그린 작가로 잘 알려져 있다. 오귀스탱 파주에게 조각을 배우고 다비드에게 회화를 배웠으며, 이후 다비드의 도움으로 유명 인사들의 초상화를 그리게 되었다. 섬세한 선, 명증한 색, 조각적 형태 표현, 완벽한 표면처리 등으로 당시 가장 사랑받는 초상화가로 명성을 떨쳤다. 주요 작품으로 〈큐피드와 프시케〉(1798), 〈조세핀 보나파르트〉(1799), 〈카롤린 뮈라와 그녀의 아이들〉(1808), 〈오스테를리츠 전투〉(1808) 등이 있다.

피에트로 롱기

Pietro Longhi, 1702~1785. 18세기 이탈리아 화가. 본명은 피에트로 팔카Pietro Falca. 베네치아 화가 안토니오 발레스트라와 볼로냐 화가 크레스피에게 그림을 배웠고, 레몬디니와 플리파르의 판화에서도 영향을 받았다. 18세기 베네치아의 시민생활이나 귀부인의 사교생활 등을 섬세하고 아름답게 묘사해 인기를 얻었으며, 풍자적 판화와 회화로 18세기 이탈리아 풍속화를 대표하는 화가가 된다. 주요 작품으로 〈무용 수업〉(1741), 〈코뿔소〉(1751), 〈귀족 가문〉(1751), 〈프란체스코 과르디의 초상화〉(1764) 등이 있다.

피터르 스나이어르스

Pieter Snayers, 1592~1666. 17세기 플랑드르 화가. 안트베르펜 출신이며, 페이터르 스나이어르스Peeter Snayers나 페트뤼스 스나이어르스Petrus Snayers로 불리기도 한다. 세바스티안 브란크의 제자이며, 1613년에 안트베르펜 지역의 화가들 및 예술가들의 조합인

'성루가 길드'에 가입하면서 본격적인 작품활동을 시작했다. 1628년 왕궁 화가로 브뤼셀에 초청된 후 죽을 때까지 머물면서 여러 왕실을 위한 그림을 제작했다. 특히 전쟁, 기사들의 결투, 사냥 등과 관련된 다수의 그림으로 유명하다. 주요 작품으로 〈몽타뉴 블랑슈의 전투〉(1620), 〈자신의 저택 앞에 있는 부르농빌 백작〉(1625), 〈술레이만 1세의 비엔나 공격〉 등이 있다.

한스 홀바인 2세
Hans Holbein, 1497~1543. 16세기 독일 화가. 아우크스부르크 출생으로 동명의 아버지 한스 홀바인 1세와 목판화가 브루크마이어에게 그림을 배웠다. 이후 바젤, 이탈리아, 런던 등지에서 명성을 얻고 영국 헨리 8세의 궁정화가가 되었다. 독일 르네상스를 대표하는 화가이며, 특히 초상화 예술의 전통을 그 정점으로 끌어올린 화가로 평가받는다. 모델에 대한 냉정하고 예리한 관찰과 정확한 세부 묘사, 풍부한 빛, 명쾌한 화면 구성 등이 특징이다. 주요 작품으로 〈로테르담의 에라스무스 초상〉(1523), 〈상인 게오르크 기체의 초상〉(1532), 〈대사들〉(1533), 〈헨리 8세〉(1539) 등이 유명하다.

헤르브란트 반 덴 에크하우트
Gerbrand van den Eeckhout, 1621~1674. 17세기 네덜란드의 화가. 렘브란트의 수제자였으며, 작품 전체에 걸쳐 렘브란트의 영향이 많이 나타난다. 성서와 신화를 다룬 그림을 많이 남겼다. 오늘날 렘브란트의 작품 중 일부는 그가 그린 것으로 판명되기도 한다. 주요 작품으로 〈동방박사의 경배〉, 〈제사장 엘리에게 아들 사무엘을 소개하는 안나〉(1665), 〈스키피오의 자제〉(1669), 〈야곱의 꿈〉(1672) 등이 있다.

헤릿 반 혼토르스트
Gerrit van Honthorst, 1592~1656. 17세기 네덜란드 화가. 위트레흐트의 아브라함 블루마르트에게 그림을 배운 후, 1610년 이탈리아로 건너가 빛과 그림자의 강렬한 명암법과 화려한 색채를 기본으로 하는 '카라바조 Caravaggio 화법'을 익힌다. 특히 촛불을 효과적으로 이용한 밤의 정경을 즐겨 그려 '밤의 헤릿'이라는 별명을 얻기도 한다. 1620년 네덜란드로 돌아온 후 테르브뤼헨과 함께 위트레흐트의 카라바조풍 회화를 주도하고, 1637에서 1652년까지 헤이그의 궁정화가로 활동한다. 그의 명암법은 렘브란트의 초기 작품에도 많은 영향을 미쳤다. 주요 작품으로 〈류트를 조율하는 여인〉(1614), 〈성 베드로의 여인〉(1620), 〈목동들의 경배〉(1622), 〈이 뽑는 사람〉(1628) 등이 있다.

조르주 페렉 연보

조프루아 생틸레르 고등학교(49년 10월
~52년 6월)에서 수학. 53년과 54년 에탕프의
고등학교에서 그에게 문학, 연극, 미술에 대한
열정을 일깨워준 철학 선생 장 뒤비뇨Jean
Duvignaud를 만나 친분을 쌓았고, 동급생인
자크 르데레Jacques Lederer와 누레딘 메크리
Noureddine Mechri를 만남.

1936

3월 7일 저녁 9시경 파리 19구 아틀라스 거리에
있는 산부인과에서 폴란드 출신 유대인 이섹
유드코 페렉Icek Judko Perec과 시를라 페렉
Cyrla Perec 사이에서 태어남.

1940

6월 16일 프랑스 국적이 없어 군사 징집이 되지
않았던 아버지 이섹 페렉이 자발적으로 참전한
노장쉬르센 외인부대 전장에서 사망.

1941

유대인 박해를 피해 일가 전체가 이제르 지방의
비야르드랑스로 떠남. 페렉은 잠시 레지스탕스
종교인들이 운영하는 비야르드랑스의 가톨릭
기숙사에 머물다 나중에 가족과 합류함. 이후
어머니는 적십자 단체를 통해 페렉을 자유 구역인
그르노블까지 보냄.

1942~43

파리를 떠나지 못했던 어머니 시를라가 12월
말경 나치군에게 체포돼 43년 1월경 드랑시에
수감되며, 2월 11일 아우슈비츠로 압송된 후 소식
끊김. 이듬해 아우슈비츠 수용소에서 사망했을
것으로 추정.

1945

베르코르에서 가족들과 망명해 당시 그르노블에
정착해 있던 고모 에스테르 비넨펠트Esther
Bienenfeld가 페렉의 양육을 맡음. 고모 부부와
함께 파리로 돌아와 부유층 동네인 16구 아송시옹
가街에서 학창생활 시작. 샹젤리제 등을 배회하며
유년기와 청소년기를 보냄.

1946~54

파리의 클로드베르나르 고등학교와 에탕프의

1949

전 생애에 걸쳐 세 차례의 정신과 치료를 받는데,
처음으로 프랑수아즈 돌토Françoise Dolto에게
치료받음. 이때의 경험은 영화 〈배회의 장소들Les
lieux d'une fugue〉에 상세히 기록됨.

1954

파리의 앙리4세 고등학교의 고등사범학교
수험준비반 1년차 수료.

1955

소르본에서 역사학 공부를 시작하다가 그의 철학
선생이었던 장 뒤비뇨와 작가이자 53년『레 레트르
누벨Les lettres nouvelles』을 창간한 모리스 나도
Maurice Nadeau의 추천으로 잡지『N.R.F.』
지와『레 레트르 누벨』지에 독서 노트를 실으면서
문학적 첫발을 내딛음. 분실된 원고인 첫번째 소설
『유랑하는 자들Les Errants』을 집필함.

1956

정신과 의사 미셸 드 뮈잔Michel de M'Uzan과
상담 시작. 아버지 무덤에 찾아감. 문서계
기록원으로 첫 직업생활을 시작함.

1957

아르스날 도서관에서 아르바이트를 함. 문서화
작업과 항목 분류작업 체계는 그의 작품 주제에
대한 영감을 제공함. 결정적으로 이해에 학업을
포기함. 미출간 소설이자 분실되었다가 다시
되찾은 원고인『사라예보의 음모L'Attentat de
Sarajevo』를 써서 작가 모리스 나도에게 보여주어
호평을 받음. 57년부터 60년 사이, 에드가 모랭이
56년에 창간한 잡지『아르귀망Arguments』을
위주로 형성된 몇몇 그룹 회의에 참석함.

1958~59
58년 1월에서부터 59년 12월까지 프랑스 남부 도시 포에서 낙하산병으로 복무함. 전몰병사의 아들이라는 사유로 알제리 전투에 징집되지 않음. 59년에 『가스파르Gaspard』를 집필하나 갈리마르 출판사로부터 출간을 거절당함. 이후 『용병대장 Le Condottière』으로 출간됨.

1959~63
몇몇 동료들과 함께 잡지 『총전선La Ligne générale』을 기획. 마르크스주의에 입각한 이 잡지는 비록 출간되지는 못했지만 이후 페렉의 문학적 사상과 실천에 깊은 영향을 미침. 이 과정에서 준비한 원고들을 이후 정치문화 잡지인 『파르티장Partisans』에 연재함.

1960~61
60년 9월 폴레트 페트라Paulette Pétras와 결혼해 튀니지 스팍스에 머물다, 61년 파리로 돌아와 카르티에라탱 지구의 카트르파주 가에 정착함.

1961
자서전적 글인 『나는 마스크를 쓴 채 전진한다 J'avance masqué』를 집필했으나 갈리마르 출판사로부터 출간을 거절당함. 이 원고는 이후 『그라두스 아드 파르나숨Gradus ad Parnassum』으로 다시 재구성되나 분실됨.

1962
61년부터 국립과학연구센터CNRS에서 신경생리학 자료조사원으로 일하기 시작. 또 파리 생탕투안 병원의 문헌조사원으로도 일함. 78년 아셰트 출판사의 집필지원금을 받기 전까지 생계유지를 위해 이 두 가지 일을 계속함.

1962~63
프랑수아 마스페로François Maspero가 61년에 창간한 『파르티장』에 여러 글을 발표함.

1963~65
스물아홉의 나이에 『사물들Les Choses』을

출간하며 문단의 커다란 주목을 받음. 그해 르노도 상 수상.

1966
중편소설 『마당 구석의 어떤 크롬 자전거를 말하는 거니?Quel petit vélo à guidon chrome au fond de la cour?』 출간. 『사물들』의 시나리오 작업을 위해 장 맬랑, 레몽 벨루와 함께 스팍스에 체류.

1967
3월 수학자, 과학자, 문학인 등이 모인 실험문학 모임 '울리포OuLiPo'에 정식 가입. '잠재문학 작업실'이라는 뜻을 지닌 울리포 그룹은 작가 레몽 크노Raymond Queneau와 수학자 프랑수아 르 리오네François le Lionnais가 결성했는데, 훗날 페렉은 자신의 소설 『인생사용법』을 크노에게 헌정함. 9월, 장편소설 『잠자는 남자Un homme qui dort』 출간.

1968
파리를 떠나 노르망디 지방의 물랭 당데에 체류. 자크 루보Jacques Roubaud를 비롯한 울리포 그룹 일원들과 친분을 돈독히 함. 5월에 68혁명이 일어나자 물랭 당데에 계속 머물며 알파벳 'e'를 뺀 리포그람 장편소설 『실종La Disparition』을 집필함.

1969
비평계와 독자들을 모두 당황하게 한 『실종』 출간. 피에르 뤼송, 자크 루보와 함께 바둑 소개서인 『오묘한 바둑기술 발견을 위한 소고Petit traité invitant à la découverte de l'art subtil du go』 출간. 68혁명의 실패를 목도한 페렉은 이데올로기의 실천에 절망하며 이후 약 삼 년간 형식적 실험과 언어 탐구에만 몰두함. 『W 또는 유년의 기억W ou le souvenir d'enfance』을 『캥젠 리테레르Quinzaine littéraire』지에 이듬해까지 연재함.

1970
페렉이 집필한 희곡 『증대L'Augmentation』가 연출가 마르셀 튀블리에의 연출로 파리의 게테-몽파르나스 극장에서 초연됨. 울리포 그룹에 가입한 첫 미국 작가 해리 매슈스Harry Mathews와 친분을 맺음.

1971~75
정신과 의사 장베르트랑 퐁탈리스Jean-Bertrand Pontalis와 정기적으로 상담함.

1972
『실종』과 대조를 이루는 장편소설 『돌아온 사람들Les Revenentes』 출간. 이 소설에서는 모음으로 알파벳 'e'만 사용함. 고등학교 시절 스승인 장 뒤비뇨와 함께 잡지 『코즈 코뮌Cause Commune』의 창간에 참여함.

1973
꿈의 세계를 기록한 에세이 『어렴풋한 부티크La Boutique obscure』 출간. 울리포 그룹의 공동 저서 『잠재문학. 창조, 재창조, 오락La littérature potentielle. Création, Re-créations, Récréations』이 출간됨. 페렉은 이 책에 「리포그람의 역사Histoire du lipogramme」를 비롯한 짧은 글들을 게재. 『일상 하위의 것L'infra-ordinarie』을 집필함.

1973~74
영화감독 베르나르 케잔과 함께 흑백영화 〈잠자는 남자〉 공동 연출. 이 영화로 매년 최고의 신진 영화인에게 수여하는 장 비고 상을 수상함.

1974
공간에 대한 명상을 담은 에세이 『공간의 종류들Espèces d'espaces』 출간, 페렉의 희곡 『시골파이 자루La Poche Parmentier』가 니스 극장에서 초연되고 베르나르 케잔이 영화로도 만듦. 해리 매슈스의 소설 『아프가니스탄의 녹색 겨자 밭Les Verts Champs de moutarde de l'Afganistan』 번역, 출간. 플로베르의 작업을 다룬 케잔 감독의 영화 〈귀스타브 플로베르Gustave Flaubert〉의 텍스트를 씀. 파리의 린네 가에 정착, 본격적으로 『인생사용법』 집필에 몰두함.

1975
픽션과 논픽션을 결합한 자서전 『W 또는 유년의 기억』 출간. 잡지 『코즈 코뮌』에 「파리의 어느 장소에 대한 완벽한 묘사 시도Tentative d'épuisement d'un lieu parisien」 게재, 이후 이 글은 소책자로 82년에 출간됨. 6월부터 여성 시네아스트 카트린 비네Catherine Binet와 교제 시작. 이후 비네는 페렉과 동거하며 그의 임종까지 함께함.

1976
화가 다도Dado가 흑백 삽화를 그린 시집 『알파벳 Alphabets』 출간. 크리스틴 리핀스카Christine Lipinska의 17개의 사진과 더불어 17개의 시가 실린 『종결La Clôture』을 비매품 100부 한정판으로 제작함. 레몽 크노의 『혹독한 겨울 Un rude hiver』에 소개글을 실음. 파리 16구에서 보냈던 유년기와 청소년기의 방황을 추적하는 단편 기록영화 〈배회의 장소들〉 촬영. 주간지 『르 푸앵Le Point』에 「십자말풀이Les Mots Croisés」 연재 시작. 페렉이 시나리오를 쓴 케잔 감독의 영화 〈타자의 시선L'œil de l'autre〉이 소개됨.

1977
「계략의 장소들Les lieux d'une ruse」(이후 『생각하기/분류하기』에 포함됨)을 집필함.

1978
에세이 『나는 기억한다Je me souviens』 출간. 9월에 장편소설 『인생사용법』 출간. 이 작품으로 프랑스 대표 문학상 중 하나인 메디치 상을 수상하고 아셰트 출판사의 집필지원금을 받아 전업작가가 됨.

1979
아셰트에서 발간한 비매품 소책자 『세종 Saisons』에 처음으로 「겨울 여행Le Voyage d'hiver」이 발표됨. 이후 1993년 단행본으로 쇠유에서 출간. 『어느 미술애호가의 방Un Cabinet d'amateur』 출간. 크로스워드 퍼즐 문제를 엮은 『십자말풀이』가 출간되고, 이 1권에는 어휘 배열의 기술과 방법에 대한 저자의 의견이 선행되어 실려 있음. 86년에 2권이 출간됨.
로베르 보베르와 함께 미국을 여행하면서, 20세기
초 미국에 건너온 유대인 이민자들의 삶을 다룬
기록영화 〈엘리스 아일랜드 이야기. 방랑과 희망의
역사 Récits d'Ellis Island. Histoires d'errance et
d'espoir〉 제작. 이 영화 1부의 대본과 내레이션,
2부의 이민자들 인터뷰를 페렉이 맡음. 알랭
코르노 감독의 〈세리 누아르 Série noire〉(원작은
짐 톰슨 Jim Thompson의 소설 『여자의 지옥
A Hell of a Woman』)를 각색함.

1980
영화의 1부에 해당하는 에세이 『엘리스 아일랜드
이야기. 방랑과 희망의 역사』 출간. 시집 『종결,
그리고 다른 시들 La Clôture et autres poèmes』
출간.

1981
시집 『영원 L'Éternité』과 희곡집 『연극 I Théâtre I』
출간. 해리 매슈스의 소설 『오드라데크 경기장의
붕괴 Le Naufrage du stade Odradek』 번역,
출간. 로베르 보베르의 영화 〈개막식 Inaugura-
tion〉의 대본을 씀. 카트린 비네의 영화 〈돌랭장
드 그라츠 백작부인의 장난 Les Jeux de la
comtesse Dolingen de Gratz〉 공동 제작.
이 영화는 81년 베니스 영화제에 초청되며, 같은
해 플로리다 영화비평가협회 FFCC 상을 수상.
화가 쿠치 화이트 Cuchi White가 그림을 그리고
페렉이 글을 쓴 『눈먼 시선 L'Œil ébloui』 출간.
호주 퀸스 대학의 초청으로 호주를 방문해 약 두
달간 체류. 그해 12월 기관지암 발병.

1982
잡지 『르 장르 위맹 Le Genre humain』 2호에
그가 생전에 발표한 마지막 원고 「생각하기/
분류하기」가 실림. 이 책은 사후 3년 뒤인 85년에
출간됨. 3월 3일 파리 근교 이브리 병원에서
마흔여섯번째 생일을 나흘 앞두고 기관지암으로
사망. 그의 유언에 따라 파리의 페르라셰즈
묘지에서 화장함. 미완성 소설 『53일 Cinquante-
trois Jours』을 남김. 카트린 비네의 영화 〈눈속임
Trompe l'oeil〉에서 쿠치의 사진과 미셸 뷔토르의

시 「멍한 시선」과 더불어 페렉의 산문 「눈부신
시선」과 시 「눈속임」이 대본으로 쓰임.

•

1982년에 발견된 2817번 소행성에 '조르주
페렉'이라는 이름이 붙여졌으며, 1994년 파리
20구에 '조르주 페렉 거리 rue de Georeges
Perec'가 조성되었다.

조르주 페렉 작품 목록

저서(초판)

『사물들』
Les Choses
Paris: Julliard, collection "Les Lettres Nouvelles," 1965, 96p.

『마당 구석의 어떤 크롬 도금 자전거를 말하는 거니?』
Quel petit vélo à guidon chromé au fond de la cour?
Paris: Denoël, collection "Les Lettres Nouvelles," 1966, 104p.

『잠자는 남자』
Un homme qui dort
Paris: Denoël, collection "Les Lettres Nouvelles," 1967, 163p.

『임금 인상을 요청하기 위해 과장에게 접근하는 기술과 방법』
L'art et la manière d'aborder son chef de service pour lui demander une augmentation
L'Enseignement programmé, décembre, 1968, n° 4, p.45~66

『실종』
La Disparition
Paris: Denoël, collection "Les Lettres Nouvelles," 1969, 319p.

『돌아온 사람들』
Les Revenentes
Paris: Julliard, collection "Idée fixe," 1972, 127p.

『어렴풋한 부티크』
La Boutique obscure
Paris: Denoël-Gonthier, collection "Cause commune," 1973, non paginé, postface de Roger Bastide.

『공간의 종류들』
Espèces d'espaces
Paris: Galilée, collection "L'Espace critique," 1974, 128p.

『파리의 어느 장소에 대한 완벽한 묘사 시도』
Tentative d'epuisement d'un lieu parisien
Le Pouurissement des sociétés, Cause commune, 1975/1, Paris: 10/18 (n° 936), 1975, p.59~108. Réédition en plaquette, Christian Bourgois Éditeur, 1982, 60p.

『W 또는 유년의 기억』
W ou le souvenir d'enfance
Paris: Denoël, collection "Les Lettres Nouvelles," 1975, 220p.

『알파벳』
Alphabets
Paris: Galilée, 1976, illustrations de Dado en noir et blanc, 188p.

『나는 기억한다: 공동의 사물들 I』
Je me souviens. Les choses communes I
Paris: Hachette, collection "P.O.L.," 1978, 152p.

『십자말풀이』
Les Mots croisés
Paris: Mazarine, 1979, avant-propos 15p., le reste non paginé.

『인생사용법』
La Vie mode d'emploi
Paris: Hachette, collection "P.O.L.," 1978, 700p.

『어느 미술애호가의 방』
Un Cabinet d'amateur, histoire d'un tableau
Paris: Balland, collection "L'instant romanesque," 1979, 90p.

『종결, 그리고 다른 시들』
La Clôture et autres poèmes
Paris: Hachette, collection "P.O.L.," 1980, 93p.

『영원』
L'Éternité
Paris: Orange Export LTD, 1981.

『연극 I』
Théâtre I, La Poche Parmentier précédé de L'Augmentation
Paris: Hachette, collection "P.O.L.," 1981, 133p.

『생각하기/분류하기』
Penser/Classer
Paris: Hachette, collection "Textes
du 20 siècle," 1985, 185p.

『십자말풀이 II』
Les Mots croisés II
Paris: P.O.L. et Mazarine, 1986. avant-
propos 23p., le reste non paginé.

『53일』
Cinquante-trois Jours
Texte édité par Harry Mathews et Jacques
Roubaud, Paris: P.O.L., 1989, 335p.

『일상 하위의 것』
L'infra-ordinaire
Paris: Seuil, collection "La librairie
du 20 siècle," 1989, 128p.

『기원』
Vœux
Paris: Seuil, collection "La librairie
du 20 siècle," 1989, 191p.

『나는 태어났다』
Je suis né
Paris: Seuil, collection "La librairie
du 20 siècle," 1990, 120p.

『소프라노 성악가, 그리고 다른 과학적 글들』
Cantatrix sopranica L. et
autres écrits scientifiques
Paris: Seuil, collection "La librairie
du 20 siècle," 1991, 123p.

『총전선. 60년대의 모험』
L. G. Une aventure des années soixante
Recueil de textes avec une préface de
Claude Burgelin, Paris: Seuil, collection
"La librairie du 20 siècle," 1992, 180p.

『인생사용법 작업 노트』
Cahier des charges de
La vie mode d'emploi
Edition en facsimiél, transcription
et présentation de Hans Hartke,
Bernard Magné et Jacques Neefs,
Paris: CNRS/Zulma, 1993.

『겨울 여행』
Le Voyage d'hiver
Paris: Seuil, collection "La librairie
du 20 siècle," 1993.

『아름다운 실재, 아름다운 부재』
Beaux présents belles absentes
Paris: Seuil, 1994.

『엘리스 아일랜드』
Ellis Island
Paris: P.O.L., 1995.

『페렉/리나시옹』
Perec/rinations
Paris: Zulma, 1997.

공저

『오묘한 바둑기술 발견을 위한 소고』, 피에르
뤼송, 자크 루보와 공저
Petit traité invitant à la découverte
de l'art subtil du go
Paris: Christian Bourgois, 1969, 152p.

『잠재문학. 창조, 재창조, 오락』, 울리포
La Littérature potentielle.
Créations, Recréations, Récréations
Paris: Gallimard/Idées, n° 289, 1973, 308p.

『엘리스 아일랜드 이야기. 방랑과 희망의 역사』,
로베르 보베르와 공저
Récit d'Ellis Island. Histoires
d'errance et d'espoir
Paris: Sorbier/INA, 1980, 149p.

『눈먼 시선』, 쿠치 화이트와 공저
L'Œil ébloui
Paris: Chêne/Hachette, 1981.

『잠재문학의 지형도』, 울리포
Atlas de littérature potentielle
Paris: Gallimard/Idées, n° 439, 1981, 432p.

『울리포 총서』
La Bibliothèque oulipienne
Paris: Ramsay, 1987.

『사제관과 프롤레타리아. PALF보고서』,
마르셀 베나부와 공저
Presbytère et Prolétaires. Le dossier PALF
Cahiers Georges Perec n° 3,
Paris: Limon, 1989, 118p.

『파브리치오 클레리치를 위한 사천여 편의
산문시들』, 파브리치오 클레리치와 공저
Un petit peu plus de quatre mille
poèmes en prose pour Fabrizio Clerici
Paris: Les Impressions Nouvelles, 1996.

역서

해리 매슈스, 『아프가니스탄의 녹색 겨자 밭』
*Les verts champs de moutarde
de l'Afganistan*
Paris: Denoël, collection "Les Lettres
Nouvelles," 1974, 188p.

―, 『오드라데크 경기장의 붕괴』
Le Naufrage du stade Odradek
Paris: Hachette, collection "P.O.L.,"
1981, 343p.

역자 후기　　　　우리가
보지 못하고 지나치는
무수한 '나머지들'의
따뜻한 복원

김호영

조르주 페렉은 20세기 후반 프랑스를 대표하는 작가 중 한
사람이다. 누보로망Nouveau Roman의 열풍이 지나간 후 이렇다
할 대표 작가를 찾지 못하던 프랑스 문학계는 페렉이라는 천
재 작가를 발굴하면서 어느 정도 명맥을 이어갈 수 있었다.
페렉이 실제로 작품 활동을 펼친 기간은 15년 남짓이지만
(1965~1981), 이 기간 동안 그가 종횡무진하며 형성한 문학
세계는 다채롭고 풍요롭다. 그는 1982년 45세라는 아까운
나이에 기관지암으로 생을 마감할 때까지 새로운 문학 형식
과 글쓰기 실험을 끊임없이 시도하면서 열정적으로 문학의
장場을 일구어갔다.
　페렉의 가장 큰 특징은 다양한 경향을 아우르는 종합적
인 문학 세계에 있다. 그는 현대를 살아간 한 서구 작가가
보여줄 수 있는 거의 모든 특징을 그리 많지 않은 작품 속
에 녹여냈다. 동시대 젊은이들의 물질만능주의와 무기력증

을 예리하고 정확한 언어로 묘사했고(『사물들*Les Choses*』, 『잠자는 남자*Un homme qui dort*』), 문학 형식을 치열하게 실험했으며(『실종*La Disparition*』, 『돌아온 사람들*Les Revenentes*』, 『알파벳*Alphabets*』), 자서전과 보고서 등 상이한 장르를 자유롭게 넘나들며 한 시대에 대한 개인과 집단의 기억을 꼼꼼하게 기록하기도 했다.(『W 또는 유년의 기억*W ou le souvenir d'enfance*』, 『어렴풋한 부티크*La Boutique obscure*』, 『나는 기억한다*Je me souviens*』). 또 추리소설이나 모험소설의 이야기 구조를 자유자재로 활용해 탁월한 이야기꾼으로서의 재능도 보여주었고, 영화나 연극, 회화, 음악 등 문학 밖의 장르에도 해박한 식견을 드러냈다. 무엇보다도 페렉은, 복잡한 글쓰기 형식과 박학다식에 편집증적 사고를 지닌 어려운 작가라는 선입견에도 불구하고 우리가 쉽게 지나쳐버리는 삶의 가장 얇은 낱장들까지 세심하게 들춰 보일 줄 아는 섬세하고 따뜻한 감수성을 지닌 작가였다. 그의 필생의 대작인 『인생사용법*La Vie mode d'emploi*』(1978)은 그처럼 다채로운 문학 세계를 종합적으로 보여주는 한 편의 '총체적인 소설'이라 할 수 있다.

『인생사용법』이 출간된 후 바로 다음 해에 발표된 『어느 미술애호가의 방*Un Cabinet d'amateur*』(1979)은 페렉의 생전에 공식적으로 출간된 마지막 소설이다. 이 작품에서 페렉은 이전까지 보여주었던 다양한 특징 중 몇몇을 보다 극단적이고 압축적인 방식으로 드러낸다. 『어느 미술애호가의 방』은 총 99개의 장章으로 이루어진 『인생사용법』의 "100번째 장"이라고도 불리는데, 그만큼 전작과 밀접하면서도 복합적인 관계를 갖는다. 페렉은 『어느 미술애호가의 방』을 발표한 뒤 어느 라디오 인터뷰에서 오랫동안 공들여 작업했던 『인생사용법』과 쉽게 작별할 수 없어 이 작품을 썼다고 밝힌 바 있다.

페렉 사후에 원고 형태로 출간된 『어느 미술애호가의 방 작업 노트Cahiers des charges d'Un Cabinet d'amateur』를 살펴보면 그가 애초부터 두 소설에 등장하는 요소들을 서로 연결하기 위해 치밀하고 정교한 구성 작업을 수행했음을 알 수 있다. 『어느 미술애호가의 방』에 나오는 수많은 그림은 『인생사용법』의 각 장에 등장하는 각종 요소를 직간접적으로 지시한다. 가령 『어느 미술애호가의 방』에 등장하는 첫 회화작품 〈성모 방문화〉는 『인생사용법』 제1장에서 윙클레의 아파트를 '방문'하는 '여인'을 분명하게 지시하며, 소설 중반에서 티에폴로의 그림으로 소개되는 〈비너스의 탄생〉은 『인생사용법』의 제5장에서 '진주 조개껍질'이 놓인 욕조에서 '목욕'하려 하는 '나신의 젊은 여자'와 이미지상 연결된다. 또 『인생사용법』의 제27장에서 발렌의 그림 안에 등장하는 가구세공인 그리팔코니의 '파란색 에나멜 커피 주전자'는 『어느 미술애호가의 방』에서 가르텐의 그림 〈탁자 위의 찻주전자〉와 교묘하게 연결된다. 이 그림은 퀴르츠가 그린 〈어느 미술애호가의 방〉 그림 속 수많은 모작模作 중 하나로 등장하고, 그 모작에서 찻주전자는 파란색 에나멜 커피 주전자로 살짝 변형되어 나타난다.

이처럼 『어느 미술애호가의 방』은 『인생사용법』과 함께 읽어야 더 풍부한 재미를 얻을 수 있지만, 전작과 분리해 그 자체만 탐독하더라도 페렉의 주요 문학적 특징을 충분히 접할 수 있는 흥미로운 작품이다. 이 작품은 '미술'에 대한 페렉의 깊고 오랜 애정으로 이루어진 소설로, 단순한 미술애호가 수준을 넘어서는 그의 해박한 지식이 작품 곳곳에서 드러난다. 미술은 항상 그의 글쓰기에 영감을 주었고 무수한 창작 제재를 제공했다. 아직 출간되지 않은 페렉의 첫 소설 『용병대장Le Condottière』은 이탈리아 화가 안토넬로 다메시나Antonello da Messina의 초상화 〈용병대장〉에서 강렬한 인상을 받아 집필한 것이다.

또한 『어느 미술애호가의 방』에는 난해한 형식 애호가라는 세간의 편견과 달리 단순한 이야기 구조와 기발한 반전을 선호하는 페렉의 개인적 취향이 잘 드러나 있다. 그는 "바닥에 배를 깔고 누워 즐겁게 읽을 수 있는 책을 가장 좋아"했으며, 이를 증명하듯 여러 작품에서 각종 사건과 추리, 반전으로 이루어진 추리소설 구조를 활용했다. 이 작품에서도 역시 사기 사건과 복수, 반전으로 구성된 흥미로운 이야기 구조를 만들어냈다. 물론 작품의 절반 이상을 차지하는 길고 반복적인 그림 설명과 묘사가 이러한 추리소설 구조의 재미를 반감시키지만 "이 허구 이야기의 세부 묘사가 대부분 가짜"라고 밝히는 소설의 마지막 문장은 그 장황한 묘사로 인한 단조로움을 한 번에 무너뜨리면서 독자에게 유쾌한 독서 경험을 제공해준다. 소설 속에서 헤르만 라프케가 마지막 속임수를 위해 길고 긴 위조 작업을 준비했던 것처럼 페렉 역시 소설의 마지막에서 드러낼 속임수를 위해 길고 장황한 그림 묘사를 늘어놓으며 사기극 연출을 준비했던 것이다.

천재적 위조자, 어느 장인 못지않은 정교한 솜씨와 긴 세월을 담담히 견딜 인내력을 갖춘 위조자는 사실 페렉이 사랑하는 인물 유형이기도 하다. 『인생사용법』의 가스파르 윙클레와 『어느 미술애호가의 방』의 하인리히 퀴르츠(훔베르트 라프케)가 여기에 해당한다. 그리고 이 인물 유형은 바로 십 년의 세월 동안 『인생사용법』이라는 단 한 권의 소설을 위해 모든 걸 쏟아부었던 글쓰기의 장인, 페렉 자신을 가리킬 것이다. 한 편의 소설을 위해 서양 장기판의 '행마법'과 10차 직교라틴제곱방진'이라는 수학 공식 등 다양한 형식을 조합해 구조를 만들어내는 작가. 플로베르, 프루스트, 나보코프 등 서른 명가량의 작가들의 작품에서 문장을 차용해 각 장에 삽입하고, 수많은 미술작품과 음악작품에 대한 암시를 페이지마다 숨겨놓는 작가. 700쪽이 넘는 장편이든 100쪽 안팎의 중단편이든 작품보다 훨씬 더 방대한 분량의 작업노트를 만들어내는 작가. 그러한 작가 페렉의 모습은 그가 만들어낸 인물들의 모습 속에 그대로 투영된다. 결국 허구이자 거짓말인 소설을 완성하기 위해 긴 시간 동안 부단한 세공을 거듭할 수 있었던 것은 어쩌면 단순하게도 "사실을 가장하는 행위의 즐거움과 짜릿함"에 대한 아련하면서도 떨칠 수 없는 향수 때문일지도 모른다.

하지만 허구의 축조와 거짓의 연출이 주는 즐거움만으로 이 작품을 위해 수행된 글쓰기의 의미를 모두 설명할 수는 없다. 전작 『인생사용법』에서부터 그 압도적 존재감을 드러냈던 긴 나열과 묘사는 이 길지 않은 작품에서도 계속된다. 끝없이 이어지는 길고 긴 묘사는 작가에게는 정밀한 세공 작업에 빠져들 수 있는 무아의 시간일지 모르지만 독자에게는 인내력을 시험하는 인고의 시간이 될 수 있다. 어째서 페렉은 몰입의 독서를 방해하고 지루함과 고통을 안겨줄 이 무미건조한 묘사를 멈추지 않았던 걸까?

사실, 이야기보다 묘사에 중점을 두는 방식은 작가로서 페렉이 견지했던 가장 중요한 글쓰기 방식이기도 하다. 이미 첫 소설 『사물들』에서 냉정하고 중립적인 묘사가 지니는 메

시지 전달의 힘을 확인한 그는 『공간의 종류들 *Espèces d'espaces*』과 『어느 파리 지역의 완벽한 묘사 시도 *Tentative d'épuisement d'un lieu parisien*』를 집필하면서부터 소설에서도 본격적으로 '묘사의 글쓰기'를 시도한다. 그의 글쓰기에서 묘사는 이야기를 더 그럴듯하게 전달하기 위해 동원되는 부수적 장치가 아니라 이야기를 만들어내고 독자의 상상력을 이끌어내는 주된 과정이 된다. 직접 영화를 연출하기도 했던 페렉은 누보로망 작가들과 마찬가지로 현대 소설에서 카메라의 시선과 같은 객관적이고 면밀한 묘사가 지닐 수 있는 무한한 의미 창출 가능성에 주목한다. 작가로서 페렉은 이야기보다는 묘사가 글쓰기를 가동시키는 동력이라 믿었고, 세심하고 집요한 묘사에서 새로운 이야깃거리를 이끌어내는 방식을 『인생사용법』과 『어느 미술애호가의 방』에서도 사용했다.

하지만 이러한 작가적 의식의 이면 어딘가에는 페렉의 개인사적 경험도 깔려 있을 것이다. 장황한 나열과 건조한 묘사에 대한 과도한 집착은 태어나자마자 거대한 '공허'와 맞닥뜨렸던 유년기의 경험에서 비롯된다. 제2차세계대전의 광기 속에서 부모를 잃고 유대인 고아로 생을 시작해야 했던 페렉은 무엇으로든 텅 빈 삶을 채워야 했다. 온갖 하찮은 주변 사물들에 대한 건조한 나열과 묘사는 상처로 점철된 일상을 잠시나마 잊게 해주고 공허한 생에 대한 애착을 유지시켜주는 유일한 수단이었다. 일상의 사물들과 공간들에 대한 정치한 묘사는 동시대에 대한 애정을 표현하는 그만의 특별한 방식이기도 했다. 그 나열과 묘사의 글쓰기에는 생의 모든 것을 앗아가는 시간의 폭력에 맞서 우리의 삶을 이루는 일상의 소소한 것들을 가능한 한 오래 남겨두고자 하는 그의 소박한 소망이 담겨 있다.

나아가 이러한 일상 묘사는 페렉의 작가의식의 한 축을 이루는 '일상의 사회학'적 사고를 반영한다. 그는 삶의 중요한 사건들, 물건들, 인물들에 가려 우리가 보지 못하고 지나치는 무수한 '나머지들'에 대해 상세히 기록하고자 했다. 우리에게 너무 익숙해서 보이지 않는 것들, 우리 시선의 무의식 지대에 놓여 있는 것들을 세심한 묘사와 끈질긴 나열을 통해 복원함으로써 우리의 삶을 이루는 모든 요소에 '존재론적 평등성égalité ontologique'을 부여하고자 했다.

『어느 미술애호가의 방』을 채우고 있는 길고 무미건조한 그림 묘사는 아마도 이 때문일 것이다. 세상의 모든 그림에게 공평한 이름을 나누어주는 것……. 청년 시절부터 품어왔던 그림에 대한 페렉의 애정은 수많은 명화에 가려 소리 없이 사라져야 했던 '무명의 그림들'에 대한 애정으로 발전한다. 그리고 그는 『어느 미술애호가의 방』을 통해 유명 화가의 그림이 아니라는 이유로 주목받지 못한 채 소리 없이 사라진

역자 후기
127

그림들, 소박한 목적으로 그려졌지만 우리 일상의 한 공간을 따뜻하게 채우고 있는 그림들에게 애틋한 헌사를 바친다. 회화의 역사를 장식한 수많은 화가의 작품세계와 화법에 대한 방대한 지식을 바탕으로 그들이 습작으로 그리다 버렸을지 모를 혹은 무명 화가가 모작으로 완성했을지 모를 작품들에 대한 세세한 묘사를 시도한 것이다. 이 세상에 존재한 적 없는 그림들에 대한 이토록 세심하고 장황한 묘사는 유명과 무명, 화풍과 유형을 가리지 않는 깊은 회화 사랑이 아니었다면 불가능했으리라.

사실 오랫동안 페렉을 떠나 있었다. 언젠가 다시 그의 문학을 연구하고 그의 작품을 소개하고 싶다는 바람은 늘 있었지만 그런 날이 오리라고는 기대하지 않았다. 페렉의 책이 국내에서 다시 빛을 보게 된 것은 문학동네 식구들 덕분이다. 역자보다 더 깊은 애정과 식견으로 페렉의 출간을 기획하고 추진한 고원효 편집장께 짧은 지면을 통해서나마 깊이 감사드린다. 또 원고를 꼼꼼히 검토, 보완해주고 더딘 번역 작업을 기다려주고 독려해준 이정옥 선생님께도 감사의 마음을 전한다.

지은이 조르주 페렉Georges Perec
1936년 파리에서 태어났고 노동자계급
거주지에서 어린 시절을 보냈다. 이차대전에서
부모를 잃고 고모 손에서 자랐다. 소르본 대학에서
역사와 사회학을 공부하던 시절 『라 누벨 르뷔
프랑세즈』 등의 문학잡지에 기사와 비평을
기고하면서 글쓰기를 시작했고, 국립과학연구소의
신경생리학 자료조사원으로 일하며 글쓰기를
병행했다. 1965년 첫 소설 『사물들』로 르노도
상을 받고, 1978년 『인생사용법』으로 메디치 상을
수상하면서 전업 작가의 길로 들어섰으나, 1982년
45세의 이른 나이에 기관지암으로 작고했다. 길지
않은 생애 동안 『잠자는 남자』 『어렴풋한 부티크』
『공간의 종류들』 『W 또는 유년의 기억』 『나는
기억한다』 『어느 미술애호가의 방』 『생각하기/
분류하기』 『겨울 여행』 등 다양한 작품을 남기며
독자적인 문학세계를 구축한 페렉은, 오늘날
20세기 프랑스 문학의 실험정신을 대표하는
작가로 꼽힌다.

옮긴이 김호영
서강대학교 불어불문학과를 졸업하고 프랑스
파리 8대학에서 조르주 페렉 연구로 문학
박사학위를, 고등사회과학연구원EHESS에서
영화학 박사학위를 받았다. 현재 한양대학교
프랑스언어문화학과 교수로 재직중이다. 지은
책으로 『프레임의 수사학』(2022), 『아무튼,
로드무비』(2018), 『영화관을 나오면 다시
시작되는 영화가 있다』(2017), 『영화이미지학』
(2014), 『패러디와 문화』(공저, 2005), 『유럽
영화예술』(공저, 2003), 『프랑스 영화의 이해』
(2003) 등이 있고, 옮긴 책으로 『겨울 여행/
어제 여행』(2014), 『인생사용법』(2012), 『시점—
시네아스트의 시선에서 관객의 시선으로』(2007),
『영화 속의 얼굴』(2006), 『프랑스 영화』(2000)
등이 있다.

조르주 페렉 선집 1
어느 미술애호가의 방

1판 1쇄	2012년 1월 10일
1판 4쇄	2023년 6월 29일
지은이	조르주 페렉
옮긴이	김호영
기획	고원효
책임편집	송지선
편집	이정옥 허정은 김영옥 고원효
디자인	슬기와 민
저작권	박지영 형소진 최은진 오서영
마케팅	정민호 김도윤 한민아 이민경 안남영
	김수현 왕지경 황승현 김혜원 김하연
브랜딩	함유지 함근아 박민재 김희숙 고보미
	정승민 배진성
제작	강신은 김동욱 임현식
제작처	상지사 P&B
펴낸곳	(주)문학동네
펴낸이	김소영
출판등록	1993년 10월 22일
	제2003-000045호
주소	10881 경기도 파주시 회동길 210
전자우편	editor@munhak.com
대표전화	031-955-8888
팩스	031-955-8855
문의전화	031-955-1927(마케팅)
	031-955-2646(편집)
문학동네카페	http://cafe.naver.com/mhdn
북클럽문학동네	http://bookclubmunhak.com
인스타그램	@munhakdongne
트위터	@munhakdongne

ISBN 978-89-546-1717-8 03860

이 도서의 국립중앙도서관 출판예정도서목록(CIP)은
e-CIP 홈페이지(http://www.nl.go.kr/ecip)와
국가자료공동목록시스템(http://www.nl.go.kr/
kolisnet)에서 이용하실 수 있습니다.
(CIP 제어번호: CIP2011005662)

www.munhak.com